题《题锺题》

锺叔河

先秦的题记，如汤之《盘铭》：

苟日新，日日新，又日新。

唐宋的题记，如陆游之《题花间集》：

《花间集》皆唐宋五代时人作，当斯时，天下岌岌，生民救死不暇，士大夫乃流宕如此，可叹也哉，或者亦出于无聊故耶？

明清的题记，如张岱之《自题小像》：

功名耶，落空。富贵耶，如梦。忠臣耶，怕痛。锄头耶，怕重。著书二十年，而仅堪覆瓮。之人耶，有用没用？

都词句简单，意味深长，几个字几十个字便是一篇绝妙文章，前人之本领实不可及。再来看萧君所题之“锺题”，则相形见绌，只有惭愧。

乙未霜降于长沙城北之念楼

旧锻坊题题题

——锺叔河卷

锺叔河　萧跃华　著

北方文艺出版社

目　录

第一辑　锺所作

第二辑　锺所编

第三辑　锺所题

第一辑 锤所作

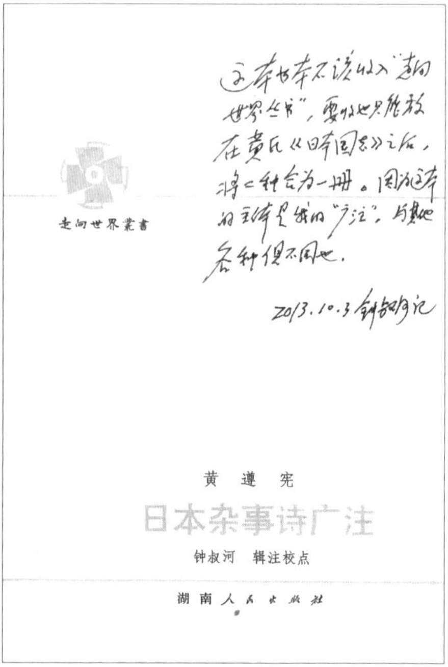

［锺题］

这本书本不该收入“走向世界丛书”，要收也只能放在黄氏《日本国志》之后，将二种合为一册。因为这本的主体是我的“广注”，与其他各种体例不同也。

2013.10.3 锺叔河记

湖南人民出版社 1981 年 10 月第 1 版第 1 次印刷，黄遵宪著，锺叔河辑注校点，责任编辑锺叔河，装帧设计易地，印张 8，字数 14.5 万，印数 15000 册，242 页，定价 0.74 元。

《日本杂事诗广注》

“海外偏留文字缘，新诗脱口每争传。草完明治维新史，吟到中华以外天。”这是晚清驻日参赞黄遵宪调任美国旧金山总领事时所写的七绝。

“明治维新史”指其所著《日本国志》，它是中国人写的第一部日本通史，详尽叙述了日本古往今来的历史，尤其是“明治维新”后发生的变化。“吟到中华以外天”指其《日本杂事诗》专咏日本国政、民情、风俗、特产，写的是“中华以外”的另一个天下，诗之外有事，诗之中有人。诗集初版为光绪五年北京“同文馆聚珍版”，再版为香港循环报馆“弢园丛书”本，这两个版本俗称“原本”。光绪十六年黄氏出使伦敦进行增删改订，光绪二十四年由长沙富文堂重刊，称为“定本”。

先生这次破例将自己的“广注本”收入“走向世界丛书”，正文完全依据“定本”校点排印，同时用按语形式，将原被删改之处（包括诗和小注）全部附录各首之后。他还从《日本国志》中采辑内容作为原注的扩大和补充，字数增加了近三倍。先生自谦“总算可以多给研究日本和黄遵宪的同志提供一点资料了”。

黄遵宪（一八四八——一九〇五），广东嘉应（今梅州）人，字公度，别号人境庐主人，著名诗人、外交家、政治家。早年出使日、美、英诸国，甲午战争后参加康有为发起的强学会，创办《时务报》，聘梁启超为主笔，《时务报》成为维新派的重要舆论阵地。光绪二十二年九月，光绪皇帝下旨召见黄氏，次年黄氏出任湖南长宝盐法道，后署湖南按察使，和湖南巡抚陈宝箴、学政江标及徐仁铸等试行新政。他邀梁启超来湘倡办南学会，主讲时务学堂，谭嗣同也回湘协助工作。湖南维新运动风生水起，黄氏政治生涯达到顶点。

戊戌政变，六君子血染菜市口，黄氏即被“开缺”“查看”，后清廷考虑他是正式出使日本的大臣，怕引起国际反响，才降旨将其“放归”。他“劫馀惊抚好头颅”，躲进人境庐“蛰居吟咏”。

黄氏逝世后，梁启超撰写《嘉应黄先生墓志铭》，高度评价其“明于识，练于事，忠于国……先生之诗，阴开阳合，千变万化，不可端倪，于古诗人中，独具境界”。黄氏“诗界革新导师”之美誉货真价实、名副其实。

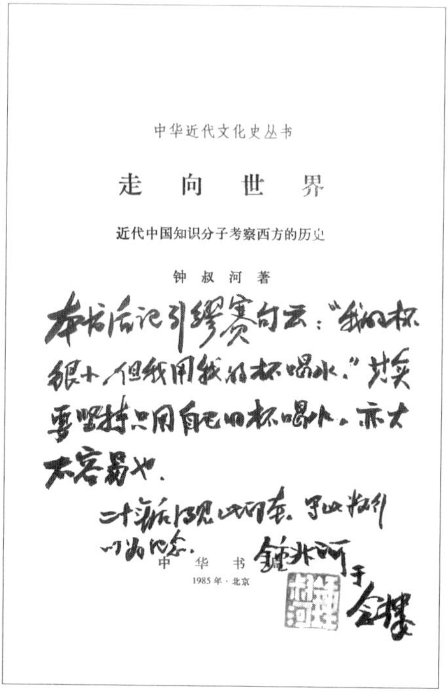

［锺题］

本书后记引缪赛句云："我的杯很小，但我用我的杯喝水。"其实要坚持只用自己的杯喝水，亦大不容易也。

二十年后得见此印本，写此数行，以为纪念。

锺叔河于念楼

中华书局 1985 年 5 月第 1 版第 1 次印刷，无责任编辑和美术编辑名字，字数 36.8 万，印数 12000 册，505 页，定价 5.20 元。

《走向世界——近代知识分子考察西方的历史》

书分二十三章，先生把“一九八〇至一九八三年间为每种‘走向世界丛书’所写叙论收集起来，加以补充修改”，就形成了自己的杯子和水了。初版副题封面为“近代知识分子考察西方的历史”，封内为“近代中国知识分子考察西方的历史”，可能是有关人员粗心大意，封面副题漏掉了“中国”二字。二〇一〇年二月再版时，副题改为“中国人考察西方的历史”。

钱锺书先生首次看到这些叙论时就十分惊喜，主动与先生约谈，建议结集单行，并表示乐意为之写序。两个月后，钱先生寄来序文，附信道：“弟素不肯为人作序，世所共知，兹特为兄破例，聊示微意。”其序云：“差不多四十年前，我用英语写过关于清末我国引进西洋文学的片段，常涉猎叔河同志所论述的游记、旅行记、漫游日录等等，当时这一类书早是稀罕而不名贵的冷门东西了。我的视野很窄，只局限于文学，远不如他眼光普照，察看欧、美以及日本文化在中国的全面影响……这一系列文章，中肯扎实，不仅能丰富我们的知识，而且很能够引导我们提出问题。”他还手录旧作《山斋凉夜》赠给锺先生。

桃李不言，下自成蹊。时任中华书局总编辑的李侃先生，亦为先生敏锐的历史眼光所吸引，主动建议将其纳入“中国近代文化史丛书”，称赞该书“展示了一幅十九世纪中叶到二十世纪初年的中国人描绘世界的图卷，勾勒了当时‘走向世界’的中国人物的群像。这幅图卷和这些群像，反映了中国近代新旧思想、新旧文化相互斗争、相互交替的情景。人们从这本书里不仅可以获得不少历史知识，而且会得到有益的历史启示”。

“这杯水”呈现在读者前，三联书店率先抢得“喝水权”，后来他们慷慨同意将它转让给中华书局。“我用我的杯喝水”这点洁癖，确保了先生不随大流吃大户，不看别人脸色行事。他四十八岁出狱后在出版界干成了几件轰轰烈烈的大事，成为当之无愧的出版巨擘。该书二〇〇〇年八月再版，二〇一〇年二月又再版，可谓畅销又长销也。

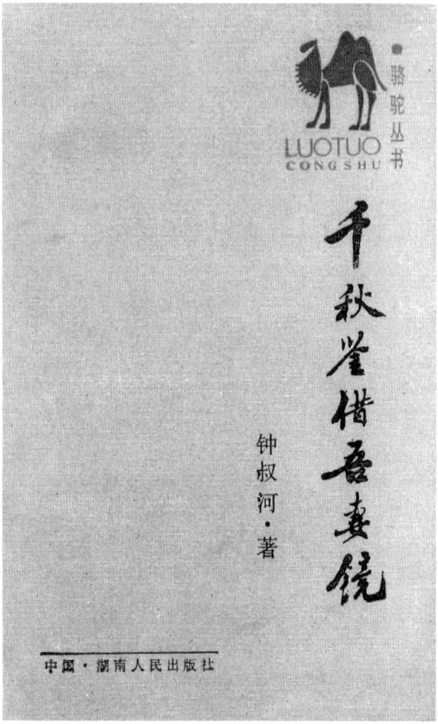

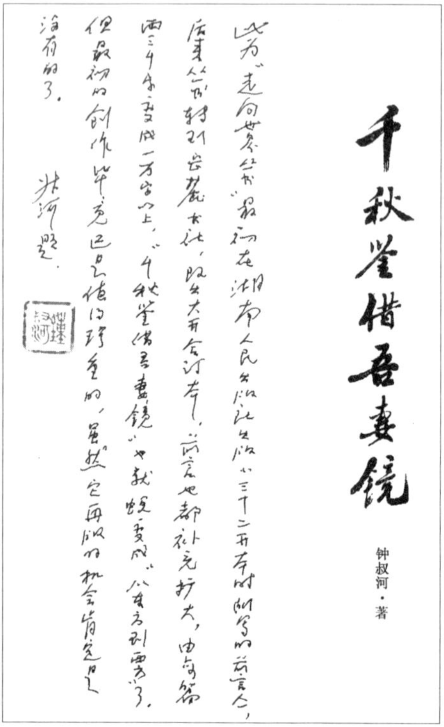

［锺题］

此为“走向世界丛书”最初在湖南人民出版社出版小三十二开本时所写的前言集。后来丛书转到岳麓书社，改出大开合订本，前言也都补充扩大，由每篇两三千字变成一万字以上，《千秋鉴借吾妻镜》也就蜕变成《从东方到西方》了。但最初的创作毕竟还是值得珍重的，虽然它再版的机会肯定是没有的了。

锺叔河

湖南人民出版社 1986 年 5 月第 1 版第 1 次印刷，书名题写范寅铮，责任编辑台示，装帧设计胡杰，印张 10. 125，字数 16. 1 万，印数 3000 册，314 页，定价 1. 45 元。

《千秋鉴借吾妻镜》

朱正先生出任湖南人民出版社总编辑后，推出了一套开本很小、字数不多、档次较高、影响很大的“骆驼丛书”。杨绛先生的《回忆两篇》《记钱锺书与〈围城〉》和黎澍先生的《早岁》、舒芜先生的《毋忘草》等率先出版，一时好评如潮。先生大作紧随其后。这是该丛书除文艺类书稿外首次容纳前言类的书稿。先生说：“这在我当然是受宠若惊的了。”

“台示”即朱先生助手、副总编辑熊治祁，取其名字右左偏旁。这如先生写这些前言时以谷及世（古籍室）、何守中（锺叔河倒念）、金又可（姓名取半）等不同名字发表一样，这些雅兴是文化人的专利。

“千秋鉴借吾妻镜”出自黄遵宪《〈日本国志〉书成志感》：“湖海归来气未除，忧天热血几时摅。千秋鉴借吾妻镜，四壁图悬人境庐。改制世方尊白统，罪言我窃比黄书。频年风雨鸡鸣夕，洒泪挑灯自卷舒。”其意为借日本史事作为千秋的鉴戒。

《吾妻镜》，日本古史名。日本古称关东地区为吾妻（媛）国，吾妻镜即关东通鉴之意。传说日本武尊皇子东征渡海，风涛大作，有橘姬投海祷神得止。皇子凯旋，东望叹曰：“吾妻独不能归乎！”日本后人遂称关东为吾妻国。

先生平时很少把话说满，这次却用了“肯定”。二〇一五年十一月，海豚出版社再版此书，开印五千册。此书先生亦有题跋：

> “千秋鉴借吾妻镜”的对句是“四壁图悬人境庐”，而诗之尾联“频年风雨鸡鸣夕，洒泪挑灯自卷舒”更令后人读之感伤不已也。黄遵宪在湖南当过臬台，被任命为驻日全权大使，官比萧君做得还大一点，而忧国忧民的一腔热血至今犹温，的确是不容易的。慈禧太后只给他一个“放归”的处分，其宽容的精神亦不可及也。丙申元宵前夜，锺叔河题。

先生在题跋中调侃了晚生一下。

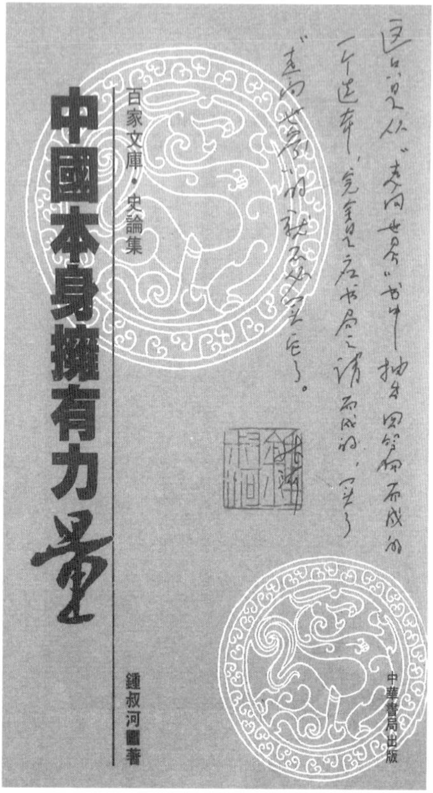

[锺题]

这只是从“走向世界”书中抽出四篇而成的一个选本，完全是应书局之请而成的，买了《走向世界》的就不必买它了。

叔河

中华书局（香港）有限公司 1989 年 11 月初版，责任编辑危丁明，封面扉页设计壹号设计室，无字数、印数，207 页，定价（港币）30.00 元。

《中国本身拥有力量》

“百家文库”邀请海内外专家，就当代备受关注的各种问题客观地进行介绍阐释，先生因“走向世界丛书”名震士林，应邀加盟。他此册收入《中国本身拥有力量》《论黄遵宪的日本研究》《论郭嵩焘》《技术专家徐建寅的教训》《晚清旅西记述的价值和意义》，《自序》简明扼要介绍了书中内容。

> 书名来自 H. N. Shore 评论容闳的一句话：
>
> 一个能够产生这样人物的国家，就能够做成伟大的事业。这个国家前途不会是卑鄙的……可以看到，中国本身拥有力量，可以在真正完全摆脱迷信的重担和过去的崇拜时，迅速使自己新生，把自己建设成为一个真正伟大的国家。

先生很喜欢这段话，不止一次地引用过。他说“唯愿诸位读者，能够和我一样赞赏和理解这一段话，那么我就心满意足了”。

H. N. Shore 说这段话已经过去一百六七十年了，我们国家的综合国力与鸦片战争时期确实今非昔比，但“迷信”和“崇拜”似乎还没有“真正完全摆脱”。二十世纪八十年代末，李洪林先生出版过《四种主义在中国》。他看到沈阳至鞍山的高级公路上拖拉机、自行车、马车、毛驴拉的小平车与迎头冲来的逆行车大行其道，小轿车怎么也跑不起来，觉得“这段公路有点像我们国家”：已经过去的封建主义，不曾经历的资本主义，正在建设的社会主义，作为远景的共产主义，都在来回走动，四种主义并存。他通过对这种特殊国情的深入思考和科学分析，集中抨击了改革开放的最大障碍——封建遗毒和“左”倾思想。

我不知道当下的中国还有几种主义并存，但我知道如果要把中国“建设成为一个真正伟大的国家”，最根本的是人的思想的现代化。“小河有水大河满。”人的思想现代化了，就知道行使和捍卫自己的正当权利，其他方面的现代化，四个八个无数个都容易实现。否则，即使“中国本身拥有力量”，也是一种虚弱的力量。

“向海而兴，背海而衰。禁海几亡，开海则强。”我们需要汉唐胸襟，敞开国门拥抱人类进步文明成果。

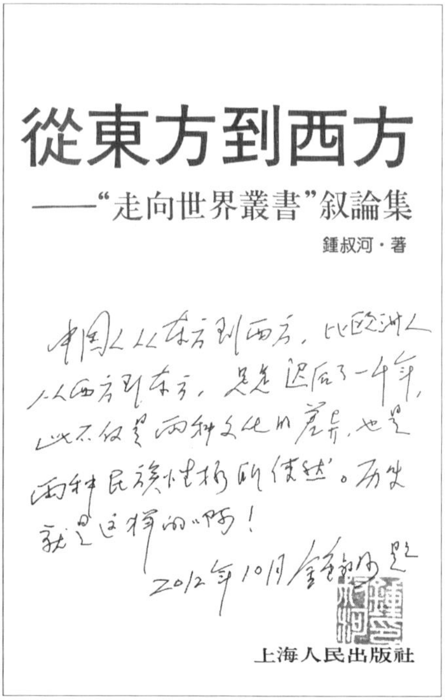

［锺题］

中国人从东方到西方，比欧洲人从西方到东方，足足迟后了一千年。此不仅是两种文化的差异，也是两种民族性格所使然。历史就是这样的啊！

2012年10月锺叔河题

上海人民出版社1989年12月第1版第1次印刷，责任编辑胡小静，封面设计邹纪华，字数40万，印数2000册，548页，定价16.15元。

《从东方到西方——“走向世界丛书”叙论集》

该书收入的二十五篇叙论，系“走向世界丛书”精装合订新版各册原文，较湖南人民出版社单行本的《前言》，改写后字数增加了一倍半，篇数增加了一半。由于“难言之隐”，这本叙论集无奈出走他乡，沪上印行，十三年后才由岳麓书社再版。学术虽为天下之公器，然对先生而言就难免心有戚戚焉了。

中国自成为一个国家以来，就朝代而论，只有汉唐两代最为自信，最为开放，最具世界性，不搞锁国主义。其他朝代则自己把自己封闭起来，慢慢丧失了古代东方文明程度和发展水平高于西方的优势。东汉、东吴以降，只见欧洲人“自西徂东”来到中国，不见中国人“自东徂西”去到欧洲。欧洲人对外部世界新知识、新资源的不懈探索和追寻，是他们后来居上，从此前接受世界影响进而广泛影响世界的一个重要原因。

“与外界完全隔绝曾是保存旧中国的首要条件”（马克思《中国革命和欧洲革命》），这种隔绝状态终于被英国的坚船利炮打破，中国关闭了上千年的大门被迫向世界打开。这种打开既突如其来又艰难勉强，无数爱国知识分子从闭关自守的局面中解放出来，迅速地、大踏步地走向世界。郭嵩焘、曾纪泽、徐建寅、薛富成、康有为、梁启超等先后到过欧洲和美洲各国，留下了各种记述翔实的著作，具有极大的现实意义和深远的历史价值。

李一氓先生是锺先生文章的知己，他光凭几本“走向世界丛书”及几篇叙论，就破例邀请锺先生参加国务院古籍整理出版规划小组会议，称赞丛书“是近年出版界的一巨大业绩”，“这套书这样一弄，真可以传之万世了”。他还牺牲假日撰写精彩序言，充分肯定《叙论集》“文笔流畅，论断精当。这确实是我近年来所见到的整理古文献中最富有思想性、科学性和创造性的一套丛书……可称为整理古籍的典范”。

我曾代先生淘得李氏《存在集》《存在集·续编》，发现李一氓先生在二书中对先生其书其文其人多有褒奖之词。

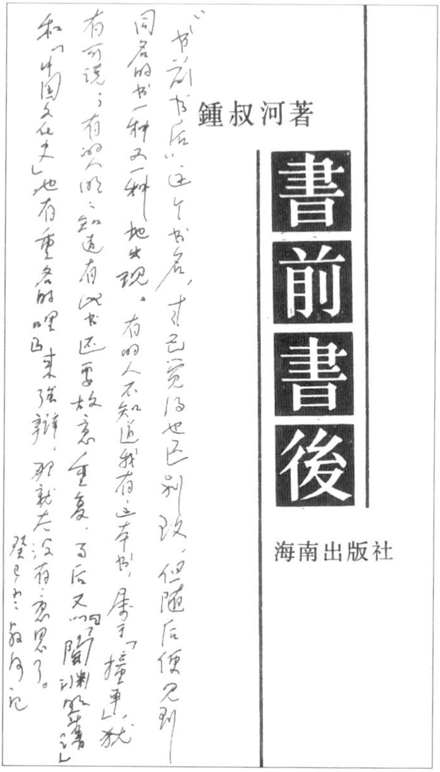

[锺题]

《书前书后》这个书名，自己觉得也还别致，但随后便见到同名的书一种又一种地出现。有的人不知道我有这本书，属于“撞车”，犹有可说；有的人明明知道有此书，还要故意重复，事后又以“陶渊明年谱”和“中国文化史”也有重名的来强辩，那就太没有意思了。

癸巳冬　叔河记

海南出版社1992年10月第1版，1996年5月第2次印刷，责任编辑苏斌，封面设计郭天民，字数13.1万，印数8500册，340页，定价15.00元。

《书前书后》

先生中学时代就开始写作，可谓出道早矣；而出版自己的第一本散文集《书前书后》却在花甲之后，又可谓出书晚矣。

"书前书后"，顾名思义，就是先生所著所编书籍的前言，黄裳先生序言中所谓"读来有入口即化而又富有营养之妙"的随笔短篇。他本知书名非商标，不受法律保护，和尚用得，阿Q也用得，所以特别谨慎，出书前认真检索，未发现珠玉在前，就用了这个"也还别致"的书名。

后来先生从《秀州书局简讯》得知，有人求购《书前书后》。"书局以北京某先生新作寄之，回信却说'要锺叔河的'。"他这才知道出了同名的书。"北京某先生"即徐城北先生，他的同名书一九九七年八月由山东画报出版社出版。先生认为他不知道有这本书，这种"撞车"现象情有可原。

"有的人明明知道有此书，还要故意重复"，先生非常生气，他在第三版前言中特意提及："不久以前又听说，天津某先生叫《书前书后》的文集也快成书了。""天津某先生"即来新夏先生。二〇〇九年八月，三晋出版社出版了《书前书后——来新夏书话续编》。这本书原名《来新夏书话续编》，责任编辑觉其平淡，建议改用《书前书后》，来先生不及考虑"初用权"问题便接受此议。他多年前看过前辈学人编辑的《同名异书通检》，发现书名雷同自古已然，千百年来，直到近代，其风未杀。

来先生专门撰文《书名雷同及其他》回应先生的《〈书前书后〉的书名》。他说："与其让别人瞎猜测，不如自己投案坦白，求得从宽。因此，我在这里向老先生唱个喏，道个歉吧！"

先生似乎不太认可这个道歉，在新版前言中写道："爱用《书前书后》做书名的都来用吧，物竞天择，就让时间和读者来'择'好了。"

这是一个好办法！

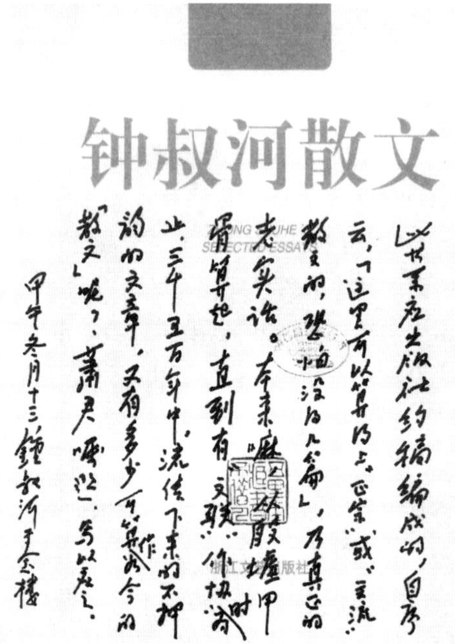

[锺题]

此书系应出版社约稿编成的，自序云，“这里可以算得上‘正宗’或‘主流’散文的，恐怕没得几篇”，乃真正的老实话。本来嘛，从殷墟甲骨算起，直到有“文联”“作协”时为止，三千五百年中，流传下来的不押韵的文章，又有多少可算作如今的“散文”呢？萧君嘱题，写以应之。

甲午冬月十三　锺叔河于念楼

浙江文艺出版社 1999 年 8 月第 1 版第 1 次印刷，封面题字锺叔河，封面画韩黎坤，责任编辑罗俞君，装帧设计梁珊，字数 36.9 万，印数 6000 册，492 页，定价 26.00 元。

《锺叔河散文》

书分七辑，由作者从近年发表在报纸杂志的短文中选出二十六篇、《书前书后》中选出十六篇、《千秋鉴借吾妻镜》中选出四篇、“走向世界”中选出三篇、《从东方到西方》中选出三篇，加上《儿童杂事诗小笺》七十二则、《唐代诗人小记》一百则。“这样做主要是编者的主意（我本想只收新作，她却建议编一选集），当然我也是同意的”。

先生从来就不那么皈依正宗投入主流，知天命之年还是个党外人士。老社长李锐老建议他到北京打天下，条件之一必须加入共产党，否则就当不了一把手。他匆匆忙忙办理完入党手续，李锐老已从中组部常务副部长岗位上退了下来，此事便不了了之。他一如既往地编书、写书，日子过得平淡而又充实，电话或上门约稿的出版社络绎不绝。

这个资深出版人对“文联”“作协”存在的弊端，有着与巴金、赵丹、孙犁等先生同样的看法。赵丹先生一九六〇年开始试电影《鲁迅》镜头，胡须留了又剃，剃了又留，历时二十年了，竟然连“楼梯响”都微弱了。人之将死，其言也善。他躺在病床上奋笔疾书《管得太具体　文艺没希望》（见一九八〇年十月八日《人民日报》），呼吁文艺创作是最有个性的，文艺创作不能搞举手通过。从一个历史年代来说，文艺是不受限制的，也限制不了的。“习惯，不是真理。陋习，更不能遵为铁板钉钉的制度。层层把关、审查审不出好作品，古往今来没有一个有生命力的好作品是审查出来的。”巴金先生撰文附和：“我提倡讲真话，倒是他在病榻上树立了一个榜样。”《文艺报》改版后向孙犁先生约稿，他同样奉上《官浮于文》（见一九八五年七月十三日），警告文艺团体不要办成官场衙门。

先生长期从事新闻出版工作，对此应该有发言权。

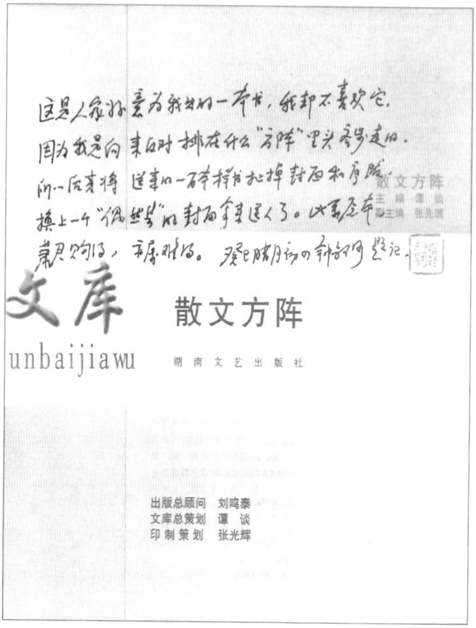

[锺题]

这是人家好意为我出的一本书，我却不喜欢它，因为我是向来不愿排在什么“方阵”里头齐步走的。所以后来将送来的一百本样书扯掉封面和序跋，换上一个“偶然集”的封面拿来送人了。此属原本，萧君购得，亦属难得。

癸巳腊月初四锺叔河题记

湖南文艺出版社 2002 年 4 月第 1 版第 2 次印刷，责任编辑萧汉初，字数 20 万，无印数，282 页，本方阵定价 158.40 元，本册定价 19.80 元。

《百家文库散文方阵·锺叔河卷》

先生说这个第二次印本他从来没有看到过，可见书销得还不错，否则就不会有第二次印刷。另外封面也做了改进，比初版本好看多了，这也可以叫“吃一堑，长一智”“打一仗，进一步”吧。

“百家文库”是“当代湖南作家作品选”“当代湖南文艺评论家选集”“当代湖南戏剧作家选集”三套丛书的完善，入选对象是当时创作最活跃、成就最突出的中青年文艺家，分为小说、散文、诗歌、儿童文学、文艺评论、音乐、戏剧、影视、曲艺与民间文学以及检阅老文艺家的红叶十个方阵，大体上出版一百本，故名之曰“百家文库”。

所谓方阵者，古代作战时军队排列的方形阵势或方队（阅兵方队）之谓也。这种方形阵势或方队，少则百人、千人，多则万人、数十万人。如此咬文嚼字，“百家文库”中的方阵就不称为其方阵（充其量只能算一个班），大有“装腔作势吓唬人”的嫌疑，但愿当时的总主编大人不要以为是萧某人今天在故意挑刺。

版权页最后一行赫然写着：“若有质量问题，请直接与本社出版科联系调换。”我不知道出版科的同志们是否忙得过来，因为“百家文库散文方阵”错误百出。

封二偌大的黑体字“文艺湘君百家文库编委会”，“湘军”居然成为“湘君”，可见制作者的粗心大意、不负责任。我不知名列“湘君”旗下的总主编，散文方阵主编、副主编，出版总顾问、文库总策划、印制策划诸公付梓前看过样稿没有？如果其中任何一人随便翻翻，都能消灭这处硬伤。

书出得如此粗糙，有辱文艺湘军，难怪先生如此不领情，甚至心生厌恶。他扯掉样书封面和“官们”的序跋，内附勘误表，换上“偶然集”的封面才好意思拿去送人。

“本书因作者未能终校，留有下列错误，乞改正并恕罪。”先生逐一列出十七处“误”的页面、行数及“正”，如“客现”应为“客观”，“苦口廿口”应为“苦口甘口”，“比较亲日匿”应为“比较亲暱”，等等。这些低级错误，确实会影响作者、读者的心情。

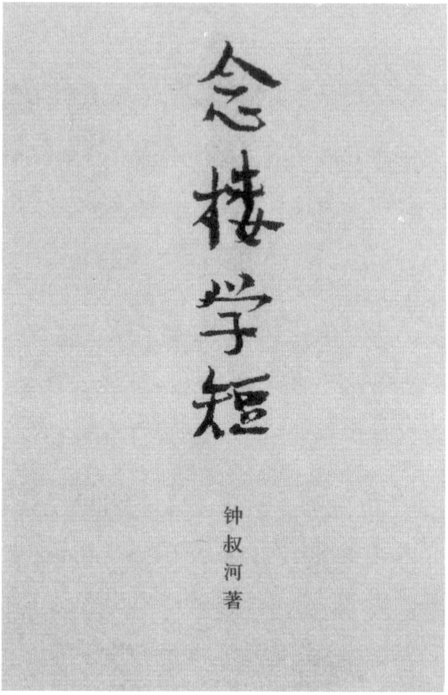

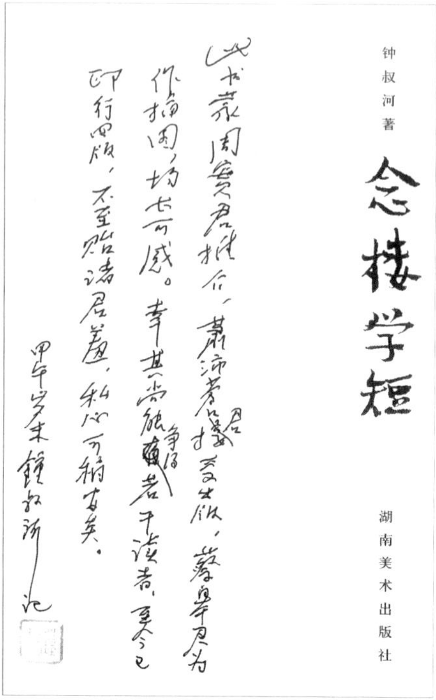

［锺题］

此书蒙周实君推介，萧沛苍君接受出版，蔡皋君为作插图，均大可感。幸其尚能争得若干读者，至今已印行四版，不至（致）贻诸君羞，私心可稍安矣。

甲午岁末　锺叔河记

湖南美术出版社 2002 年 8 月第 1 版第 1 次印刷，责任编辑、装帧设计萧沛苍，插图蔡皋，字数 25 万，印数 5000 册，385 页，定价 38.00 元。

《念楼学短》

书分“论语”“孟子”“庄子”“左传”“国语”“战国策”等二十个单元，收文一百九十篇。这些短文原本是先生给自己女儿的女儿写的，后来她们都弃文学工了，便陆续被《新闻出版报》《出版广角》《文汇报·笔会》《文汇读书周报》《长沙晚报》的编辑们拿去公开发表了，颇获读者追捧。

“念楼学短”，其“短”有三：简短的古文，先生从各类古籍中选出自己最爱读的文章，除去刘献庭《南岳》百零一字、庄子《郢人》百零二字外，其他引文每篇都没有超过一百字；简短的释文，很多以今拟古的锺氏译法，如“贬谪”释读成“下放”，“彭德怀就是海瑞”等，将十几代几十代人的“代沟”一笔勾销；简短的评论，读之有感，借题发挥，借古讽今，匡正时弊，三言两语。念楼学短有“引”有“曰”有“读”，环环相扣，层层递进，既可当作古文学习，也可看成讽喻世象的小杂文，还可触景生情生发议论。它能在出书不易的今天印行四版，全凭著作质量过硬。

曹丕说文章乃“经国之大业，不朽之盛世”，顾炎武说文章须“有益于天下，有益于将来”。我看他们将文人的地位抬得太高了、将文章的作用看得太重了，是“王婆卖瓜——自卖自夸”。先生“为了课孙”而写，出发点不可谓不低，然而这些东西都经过自己头脑的认真思考，都是用自己的文字写下来教育家里人的，这样的文章“多一篇多一篇之益矣”。不像某些报刊文章的作者，自己不信还要写出来叫别人相信，明知读者不信还要浪费版面叽叽喳喳，如此则“多一篇多一篇之损矣”。

书中有错，如尘入目。大庆市交通银行龙南支行押运支队的韩路民先生，湘潭市政协的王集先生，浙江文艺出版社的前总编辑夏钦瀚先生，“都帮我认真通读，仔细检查，共发现了错字十二处，人名错误四处，数字错误二处，标点错误二处，衍字一处，倒文一处，共计二十二处”。先生特意在《学其短》的后记中“表示深深的感谢”。

该书再版时错情一一得到改正。

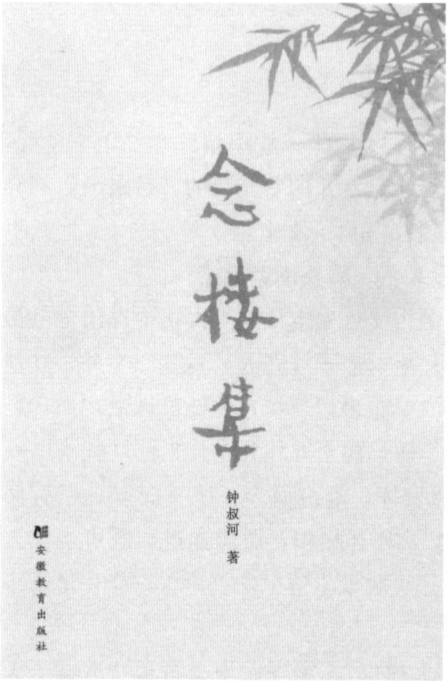

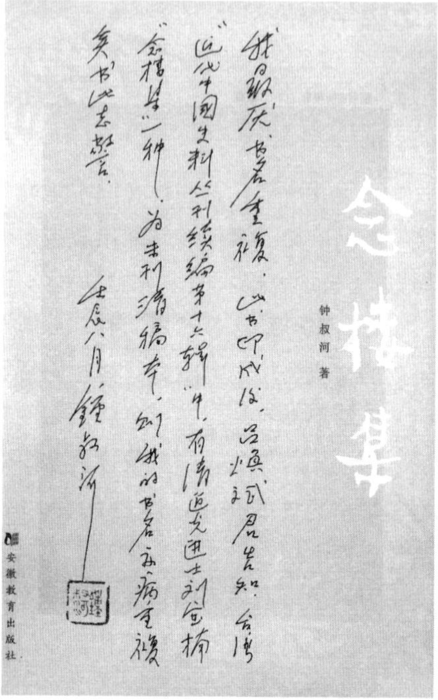

[锺题]

我最厌书名重复。此书印成后，吕焕斌君告知，台湾“近代中国史料丛刊续编第十六辑”中，有清道光进士刘宝楠“念楼集”一种，为未刊清稿本，则我的书名亦病重复矣，书此志警。

壬辰八月锺叔河

安徽教育出版社 2003 年 2 月第 1 版第 1 次印刷，责任编辑唐元明，装帧设计张鑫坤，字数 25 万，印数 3000 册，413 页，定价 32.00 元。

《念楼集》

该书共收文一百零四篇，分五个部分，大多是先生乔迁新居之后所写，所以取名曰《念楼集》。“念”与“廿”同音，乃二十之意。先生住二十层，户户外貌咸同，来人不易寻找，特集周作人手书，托人刻“念楼”二字悬于门，以便新知旧雨登门。

念者，长思也。思之篆文上为囟（脑），下为心，可见思乃用脑用心之事，念为长思就更得长用脑、长用心。先生二十多岁就被划为“右派”、打成反革命，错就错在有思想。“党没有必要领导一切、干预一切，这样反而会削弱在政治上、思想上的领导。”“历史上一切的重大事件，都是知识分子领导的。工人、农民领导的也有，但那样的工人、农民也是成了知识分子的工人、农民。”这些石破天惊之语，在思想舆论大一统的二十世纪五十年代简直是异端邪说，他自投罗网，在劫难逃矣。

俗话说“吃一堑，长一智”，可先生坐了九年牢，半点记性也没长。他走上出版工作岗位，先编“走向世界丛书”先声夺人，再编《曾国藩家书》禁区破冰，还有“老同志”状告湖南出版的“三种人”（周作人、《查泰莱夫人的情人》《丑陋的中国人》），他是始作俑者，难脱干系，岳麓书社总编辑的职位风雨飘摇，终于不保。

这个最讨厌重复别人书名的资深出版人，无意中“亦病重复矣”。当湖南广播电视台台长吕焕斌先生将台湾影印《念楼集》复印件送至念楼，先生哑然失笑，自己竟与道光二十年庚子科二甲第四十五名进士刘宝楠如此心心相印。

刘宝楠（一七九一——一八五五），江苏扬州人，字楚桢，号念楼，“扬州学派”代表人物，著有《汉石例》《殉扬录》等四十九卷，未刊书稿《念楼集》《愈愚录》等十多种。其中《论语正义》荟萃汉、宋各家之说，弥补疏漏不足，加以引申阐发，成为后人研究《论语》之指南。

先生“书此志警”，说明“最厌”重复尚有可能重复，其他著作取书名不可不慎也。

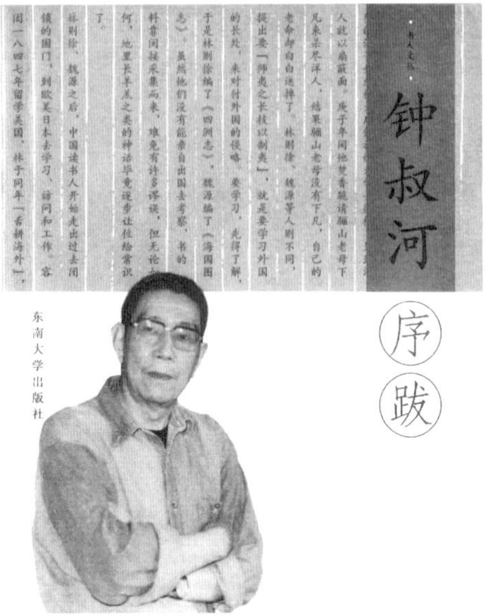

[锺题]

本书出成实赖朋友之力，这是值得感谢的。遗憾是自己没有终校，故错字较多。可见朋友帮忙并不能完全代替自己的努力也。

叔河重读时记

东南大学出版社 2003 年 3 月第 1 版第 1 次印刷，责任编辑芦薪，装帧设计周晨，字数 10 万，印数 3000 册，141 页，定价 18.00 元。

《锺叔河序跋》

“书人文丛·序跋小系”作者由施蛰存、黄裳、夏志清、舒芜、姜德明、锺叔河、隐地、董桥、陈子善、陈平原、王稼句、徐雁先生组成，策划为王稼句、芦薪先生。先生此册收入序跋三十二篇，照片八十多幅，前有作者小引。这本小书虽然小，却是先生用心编的，因为他很怕对不住策划先生们提出的“精致”的要求，故不敢草率从事。“如果他这次也能得人，这套小书真能印得很精致，我就要在该得的样书之外多买一些书，买它上百本。”先生很少有这种“大方之举”，足见其重视和用心。

图书出版、选题策划是一回事，装帧、版式、排字、校对、印刷、装订又是一回事，哪个环节没做好都会留下遗憾。这次策划未能得人，先生又忙于出国探亲未能终校，故书中“错字较多”，他领教了“朋友帮忙”之不可靠。我猜想，或许责编大人觉得先生乃出版大家，他发表过的文章不会有错，放心过关就行；或许责编大人想到锺先生还会终校，自己看了也白看，不如干脆偷懒；或许责编大人仅仅挂名而已，压根没去“咬文嚼字”，结果就弄成现在这个样子。先生“自己看着就不舒服”，自然不会再掏腰包买书“回赠给别人”了。

我就曾亲历过这种事情，还是国字号出版社，甲乙双方合同一签，作者按规定数目给出版社寄书就行，其他装帧设计、编辑校对、印刷装订等统统不管，但责任编辑署名是一本正经的。好在我这次借重的都是圈内一时人选，书印出来后就连这名甩手掌柜都惊呼“出乎意料”。

姜德明先生曾感叹当今出版界缺乏职业道德的乱象。我说不能拿民国时期、解放初期和二十世纪八十年代的编辑水平来要求当下的编辑水平。如今的出版社多如牛毛，从事编辑出版工作只能算是一种简单的就业方式。我们怎能要求如今的大学生跟西南联大和建国初期的大学生 PK?

我固执地认为：写文章和出书这种事情最好亲力亲为。如果假手于人，就要有出错和丢人的思想准备。

该书页码数字每个相隔逾一厘米，看起来十分别扭。

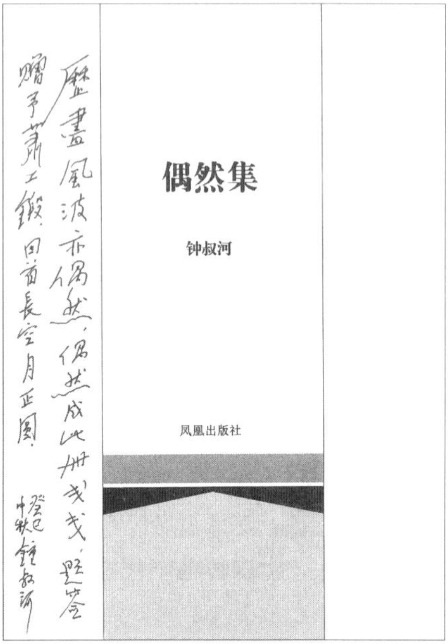

[锺题]

历尽风波亦偶然，偶然成此册戋戋。

题签赠予萧工锻，回首长空月正圆。

癸巳中秋　锺叔河

凤凰出版社 2003 年 10 月第 1 版第 1 次印刷，责任编辑马清江，封面设计速泰熙，封面国画刘二刚，字数 13.7 万，印数 3500 册，216 页，定价 13.50 元。

《偶然集》

该书与朱正、范用、流沙河、绿原、舒芜等人的著作一道同列“开卷文丛”第一辑，由蔡玉洗任主编，董宁文任执行主编。

所谓偶然者也，超出一般规律或事理上不一定发生而发生之谓也。西方现代主义音乐流派之一的“偶然音乐”，亦称“不确定性音乐”或“机遇音乐”，就有这个意思。而徐志摩创作的诗歌《偶然》、楚原导演的电影《偶然》、仪伟导演的电视连续剧《偶然》，则名为偶然实则有意也。

先生的偶然其来有自。他好读深思，无意文字，高考想报地理或考古专业，却因偶然结识了报纸副刊编辑梁中夫、周南女中学生尚久骖，考入新华社和《新湖南日报》新闻干部培训班，当记者写新闻实出偶然；《文艺湘军百家文库·散文方阵》主事者力邀锺先生加盟，他本怯于“投军”，怕插在“方阵”跟不上队，所印“锺叔河卷”也实出偶然；这本“锺叔河卷”封面难看，“官们”的序跋他尤其不喜欢，于是他扯去了封面及“官们”的序，换成浅灰色的封面，题作《偶然集》，用以送人。这是一本没有书号、没有定价、没有上市，也没有进入国家图书目录的书。

这本《偶然集》却并非那本自己改制的《偶然集》，二书之名虽同，却是旧瓶子装新酒，几十篇文章绝大部分均不相同，只有《偶然》一篇都收入了，故仍以之作为书名。这也算是偶然背后隐藏着必然，“意料之外”蕴含着“意料之中”吧。

先生题诗至“题签赠予”时抬头问我有什么小名，得到否定回答后自言自语道：“你的斋名锻铁居、旧锻坊都不合平仄，那就用‘萧工锻’吧。”他说：“工有长于、善于之义，你本铁匠出身，自然工于锻事；如今正值中秋，月亮总该是圆的吧。”

此书网上淘得，封二有“李振兴，2009 年 10 月 19 日地坛书市”，封底有“连日下雪，可谓伴雪读完，2009 年 11 月 12 日”。这是雨枫书馆主人之旧藏。雪夜闭门，四野静谧，神清气爽，此乃上好读书环境也。

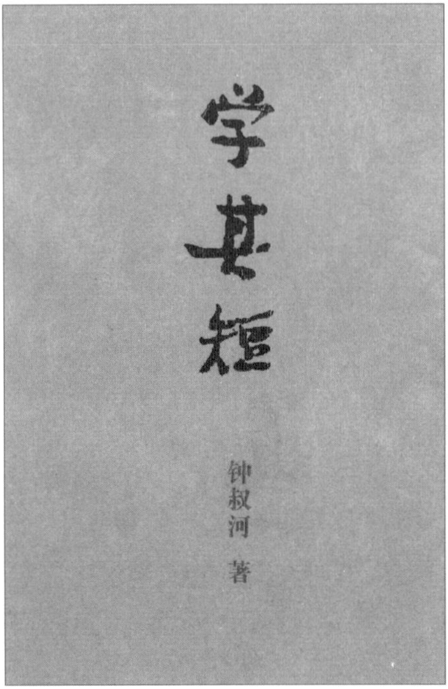

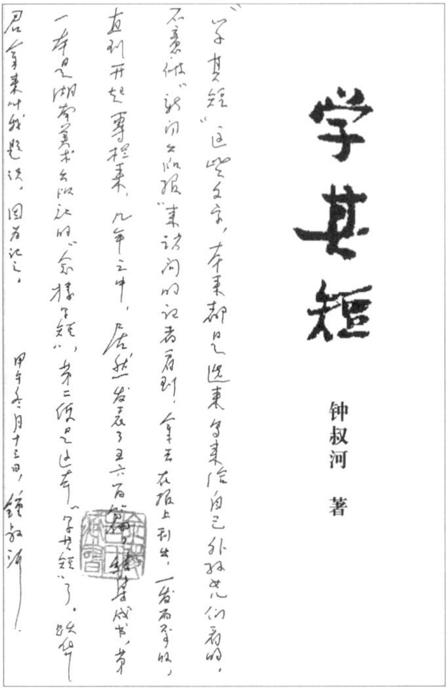

［锺题］

“学其短”这些文字，本来都是选来写来给自己外孙女儿们看的。不意被《新闻出版报》来访问的记者看到，拿去在报上刊出，一发而不可收，直到开起专栏来。几年之中，居然发表了五六百篇。结集成书，第一本是湖南美术出版社的《念楼学短》，第二便是这本《学其短》了。跃华君拿来叫我题跋，因为记之。

甲午冬月十三日　锺叔河

安徽教育出版社 2004 年 5 月第 1 版，2005 年 3 月第 2 次印刷，责任编辑唐元明，装帧设计萧沛苍，插图蔡皋，字数 30 万，印数 12000 册，369 页，定价 26.00 元。

《学其短》

书分三辑，收文三百一十六篇，格式沿用《念楼学短》成例，每则古文和“念楼读”“念楼曰”，都给人咀嚼、想象、回味的空间。

先生拿来的古文都具有极强的生命力，其“读”和“曰”醉翁之意不在酒，直指社会现实。如开篇《死不害于人》中的成子高遗言：“吾闻之也，生有益于人，死不害于人。吾纵生无益于人，吾可以死害于人乎哉？我死，则择不食之地而葬我焉。”念楼这样读：“我听别人说过，活着要于人有益，死去要于人无害。我即使活在世上对人没有多少益处，死后也不能让坟墓占掉良田，给后人留下害处呀！你们找一块不能栽种的废地将我埋掉就得啦。”可今人没有古人开明。他们（高官）死后大多要比追悼会的大小、讣告或遗体告别消息的长短，这都怪有领导干部丧事报道的规定。这个宣扬“官本位”做法可否改一改？

《墓志增字》尤有意思。晏景初给人做墓志，初稿拿给朱希真看。朱说：“写得很好，只有一处好像还得加几个字，我却不敢说出来。”晏一再追问哪一处，朱才指着“著作很多”（原句“有文集十卷”）道：“这里得加几个字。”又问该加几个什么字，答道：“好像得加上‘没人读过’四个字。”晏一想也对，于是提笔加上“尚未出版”。先生叹曰：“有资格要尚书大人（还不是一般的尚书，而是大作家晏殊、晏几道的子孙）做墓志，当然既有权又有钱，若在今日，其‘著作’岂不早就出版了吗？”

是啊，多少达官贵人出版过所谓的选集、文集、全集（当然包括公款付梓），但有几人著作经得起历史老人检验？那些发行量大得惊人的不是在当年、几年、十几年、几十年后全都变成废纸浆了吗？

《学其短》得慢慢品读，一目十行不好消化。

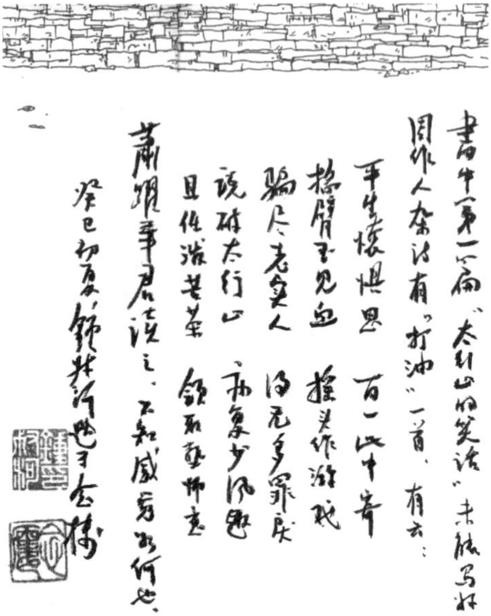

[锺题]

书中第一篇《太行山的笑话》未能写好。周作人杂诗有“打油”一首云：“平生怀惧思，百一此中寄。掐臂至见血，摇头作游戏。骗尽老实人，得无多罪戾。说破太行山，亦复少风趣。且任泼苦茶，领取塾师意。”萧跃华君读之，不知感觉如何也。

癸巳初夏　锺叔河新题于念楼

湖南文艺出版社 2004 年 10 月第 1 版第 1 次印刷，责任编辑谢不周、张辉、李永平，整体设计谢颖设计工作室，字数 11.2 万，无印数，161 页，定价 15.90 元。

《天窗》

先生七至五十岁没有住过通明透亮的房子，半夜从黑暗中醒来，只有头上方一小块微明，可以让自己产生一点想象，因此他对天窗一直抱有好感。二〇〇三年从美国回来后，他写过一篇《天窗》，寄到一家报纸副刊如泥牛入海。后来周实、李永平先生让他将新写的东西编成一册，他便将它收了进来，全书亦以此命名，原拟叫《天窗集》，和已出版的《念楼集》《偶然集》相衔接。可李永平先生觉得天窗之为物很有意思，却以不要“集”字为宜，先生从善如流只留下了“天窗”。但仍决定将五十七篇文章分为“念楼杂抄”“天窗小集”。“《天窗》之外又开个小‘天窗’，所以不嫌重复者，无他，亦只是表示我对天窗的特别记念而已。”

“杂文要杂，散文要散，随笔要随心随意。”先生的这些短文亦杂，亦散，亦随心随意，但充满着渊博的学识、迷人的理趣，点石成金，引人深思。他自称“未能写好”的文章如此开篇：“中国山多，人也多。若问全国多少亿人最熟知的是哪座山，那一定是太行山。因为‘天天读’过‘老三篇’，都知道有一座太行山挡路，自己的任务就是‘每天挖山不止’，以期‘感动上帝’来把山搬走……”结尾则云：“太行山仍然巍然不动地屹立在中国大地上，上帝却如尼采说的那样‘死掉了’。山本来是移不开挖不动的，移山填海，无非梦呓，何况并没有人真去挖过一锄头。”

“笑话”信手拈来，自然质朴，信是好文。

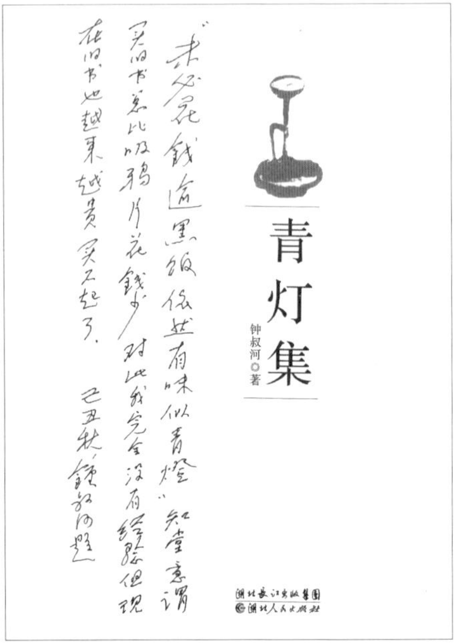

[锺题]

“未必花钱逾黑饭，依然有味是青灯。”知堂意谓买旧书总比吸鸦片花钱少，对此我完全没有经验，但现在旧书也越来越贵，买不起了。

己丑秋　锺叔河题

湖北人民出版社 2008 年 1 月第 1 版第 1 次印刷，编辑吴超、刘艳、田乐，封面设计大臧设计工作室/大章，字数 24.6 万，印数 7000 册，294 页，定价 32.00 元。

《青灯集》

该书收文一百二十三篇，分为三辑，写作时间是二〇〇四至二〇〇七年。

古人喜欢光线青荧的油灯和纸张泛黄的书卷。如韦应物的“坐使青灯晓，还伤夏衣薄”；陆游的“白发无情侵老境，青灯有味似儿时”；“苍颜白发入衰境，黄卷青灯空苦心”；叶颙的“青灯黄卷伴更长，花落银釭午夜香”，等等。

周作人亦对青灯情有独钟。“未必花钱逾黑饭，依然有味是青灯。偶逢一册长恩阁，把卷沉吟过二更。”黑饭即鸦片烟也，长恩阁乃大兴傅节子书斋名。傅氏藏书散出，知堂得《来斋金石跋》和傅氏手抄《明季杂录》二册，打油以资纪念。他以买香烟的钱来买书，在灯右观之，这是一件很有意思的事情。

先生也喜欢青灯映出来的美丽。八年抗战，他一直在老家平江乡下，夜读全靠油灯。三根灯芯的亮度相当于十支烛光，读木刻大字本正好，可偷看比七号字还细的牛毛小字，他不得不靠近油灯。蓝青色的灯焰不停地跳动着，像一个活蹦乱跳的生命，他望着望着不知不觉陷入了沉思，一颗“上穷碧落下黄泉”的心到处乱窜，直到风吹动门前竹木，或下起雨夹雪，或窗外有人走动，才将他唤回书上。先生心理、生理的启蒙和觉醒，都是在老家的青灯下开始的。他领略到了读书的“佳趣”，开始接受人生的光和热，时隔六十多年以此为书名，可见童年青灯下的生活是多么铭心刻骨，这盏灯永远不会熄灭。

周作人认为有关青灯的描写，以东坡居士尺牍《与毛维瞻》最妙：“岁行尽矣，风雨凄然！纸窗竹屋，灯火青荧。时于此间，得少佳趣。无由持献，独享为愧，想当一笑也。”这种从寂寞中自得的愉悦，是常人无法想象的。这灯大抵是读书灯，用清油注瓦盏中令满，灯芯作炷，点之光甚清寒，有青荧之意，宜于读书，消遣世虑。

苏东坡被贬黄州，苦中有闲，乐里带忧，景中有情，境里寓意，写出了《念奴娇·赤壁怀古》等千古绝唱，乃深知此中三昧之高人矣！

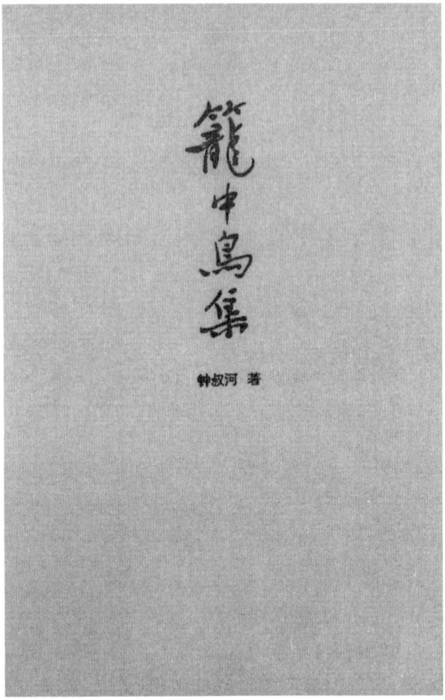

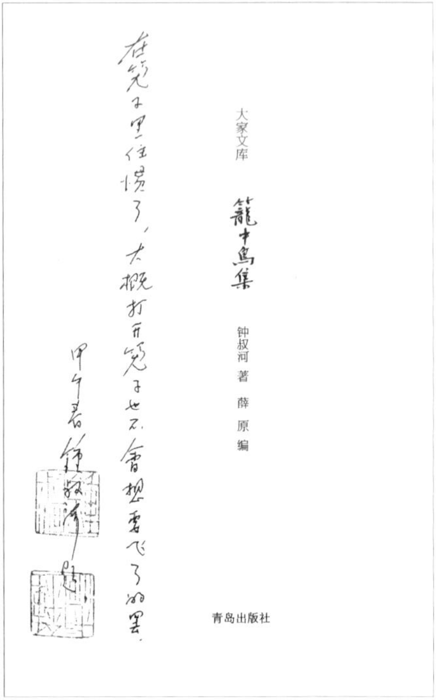

［锺题］

在笼子里住惯了，大概打开笼子也不会想要飞了的罢。

甲午春　锺叔河题

青岛出版社 2009 年 7 月第 1 版第 1 次印刷，责任编辑刘咏，特约编辑贺中原、胡修江，装帧设计李欣、王洋，字数 18.5 万，无印数，370 页，定价 39.00 元。

《笼中鸟集》

“大家文库”第一辑作者为锺叔河、杨宪益、黄裳、流沙河先生，丛书策划高继民先生。先生这本“遇事抒情”和“借题发挥”的自选随笔集，收入一九八六年至二〇〇八年发表的文章九十七篇，另有《小序》《自己的话》。

“人不通古今，马牛而襟裾”这句俗语，比起黄庭坚的“人胸中久不用古今浇灌之，则尘俗生其间。照镜觉面目可憎，对人亦语言无味也”要通俗易懂得多。我们某些人位高权重，某些人腰缠万贯，但张嘴见底，俗不可耐，就是缺乏古今优秀传统文化“浇灌”，硬给牛马穿上衣服。

先生常年被古之随笔、札记、笔记、书信、日记、游记、诗词、方志、族谱等“浇灌”，无论“遇事”还是“借题”，都古为今用、探古察今。这些来自稗史、民间、杂事类的记述，丰富地反映了当时社会生活的各个侧面。他妙笔一挥，将其与今日现实相互印证，使读者感到别开生面，情趣盎然，读来既获启迪，又长见识，难得之至。

这本书的最大特点：既不为当局者讳，什么行政问责、公务接待等，古人做得好的娓娓道来，今人当如何只言片语切中要害；又不为尊者讳，季羡林先生将晋惠帝的事张冠李戴给陈后主，他直陈其错讹，顺便讲二帝诸多掌故、相关诗作及历史评价；还不为念楼讳，特意自曝文章出过的错漏，显示出襟怀坦白的学者精神和严谨求真的治学态度。

这个题跋虽短，但意味深长。二〇一四年一月二十一日，我突然申请转业，这一决定几乎没有得到老领导、老战友和亲人的支持，他们不是摇头就是惋惜，说什么：“干到正师了多不容易啊，再熬一熬吧！”“部队多好啊，还转业干吗？”“快五十岁的人了，瞎折腾个啥？”好像我选择转业是“大逆不道”。

我“被当官”后两地分居，无法照顾家庭（孩子大的十六岁，小的六岁）；学院副职领导工作十分轻松，怕时间长了闲出毛病。所以权衡再三决定“破笼”而出。我原先也是打开“笼子”都不想飞的，在里面待了三十二年，害怕外面的“风风雨雨”，如今突然“飞出”，真是前途未卜啊！

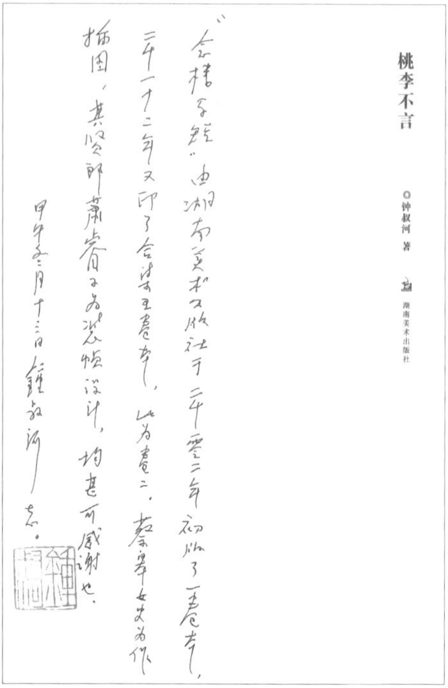

［锺题］

“念楼学短”由湖南美术出版社于二千零二（2002）年初版了一卷本，二千一十二（2012）年又印了合集五卷本，此为卷二。蔡皋女史为作插图，其贤郎萧睿子为装帧设计，均甚可感谢也。

甲午冬月十三日　锺叔河志

湖南美术出版社 2010 年 1 月第 1 版，2011 年 1 月第 2 次印刷，责任编辑刘海珍、胡紫桂，插图蔡皋，装帧设计萧睿子，无字数、印数，213 页，定价（共五册）258.00 元。

《念楼学短·桃李不言》

“念楼学短”合集五册，均以册中篇名之一作为书名。《逝者如斯》所收为经史子集的选篇；《桃李不言》多收议论文、说明文之类，带有较强的实用性；《月下》多收抒情散文、记叙文，带有较强的文学性；《之乎者也》从宋、元、明、清的十三种笔记文中选录；《毋相忘》介绍古人短札，最短的仅有六个字，不仅富于浏览的趣味，足供写作时借鉴，还可以帮助我们了解古人的生活、感情和思想。

古时汉字很难写，刀刻甲骨，漆书竹简，所以古文短小精悍，鲜有废话。但自从电脑“码字”普及，文章修改便利，资料粘贴快捷，“难”事变“易”事，老祖宗的简约文风被撵得无影无踪了。先生此时“学其短”，一学就是十七八年，身体力行，倡导大家把文章写短，作者、读者彼此省时省力，这确实是件功德无量的事情。

钱锺书先生曾主动为先生的“走向世界丛书”写过一篇序文。二十年过去了，杨绛先生又为“念楼学短”合集写来序言，真可谓“双序珠玉交辉”。她“只为这部合集说几句恰如其分的话。‘念楼学短’合集，选题好，翻译的白话好，注释好，批语好，读了能增广学识，读来又趣味无穷。不信，只要试读一篇两篇，就知此言不虚”。

杨绛先生一口气连用四个“好”字，可见其对“念楼学短”的偏爱。但先生觉得还有改进余地，他在《逝者如斯》扉页题跋中流露过这种思想：“虽云学其短，有时还是长。为何短不了？本事冒到堂。寸铁能杀人，何必丈八铓。庖丁解牛时，目中只牛黄。叔河偶作。”

先生将“念楼读”和“念楼曰”写成百字短文还“嫌长”，怨自己“本事冒到堂”，这让坐在主席台上喋喋不休的人情何以堪？让只会长篇大论、饾饤小文的人情何以堪？

我有时瞎想：如果谁将这套书推荐给各级党校学员就好了，这是对《苦难辉煌》《长征》等红色读物的有益补充。红色文化离不开传统文化的浇灌，但人们往往“忽视”了这一点。

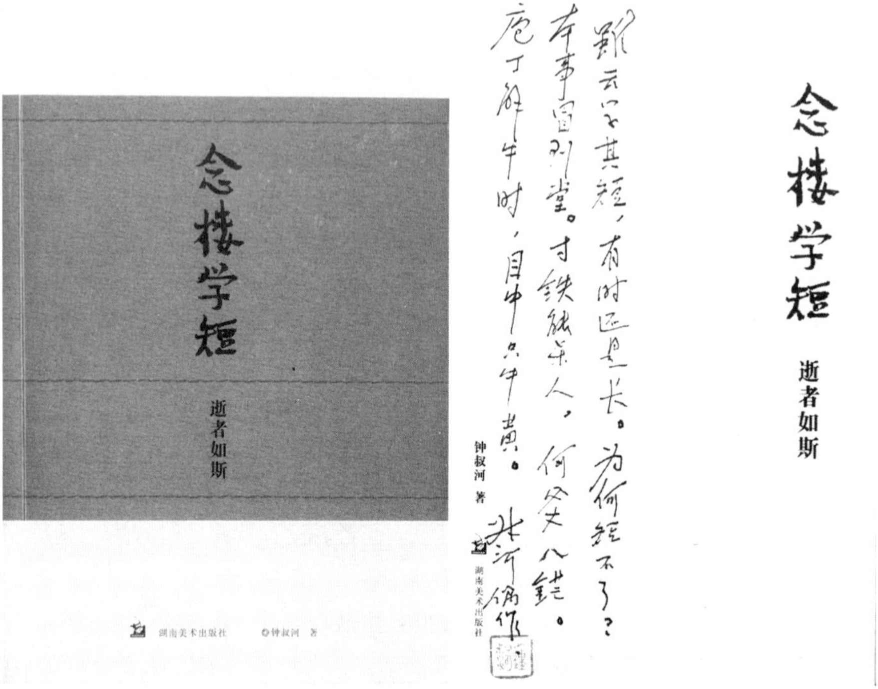

［锺题］

虽云学其短，有时还是长。为何短不了？本事冒到堂。寸铁能杀人，何必丈八铓。庖丁解牛时，目中只牛黄。

叔河偶作

湖南美术出版社 2010 年 1 月第 1 版第 1 次印刷，责任编辑刘海珍、胡紫桂，插图蔡皋，装帧设计萧睿子，无字数、印数，213 页，定价 19.00 元。

《念楼学短·逝者如斯》

该书从《论语》《孟子》《檀弓》《左传》《国语》《战国策》《庄子》《世说新语》《容斋随笔》《东坡全集》《渭南文集》中拎出一百零六则“学其短”，辅以出彩的“念楼读”“念楼曰”，读来如饮醇醸，令人浮想联翩。

如《儒生盗墓》。两个大小儒生一面吟诵着儒家经典《诗经》《礼记》，一面掘开墓穴去剥死人衣裳，扒开死人嘴巴去掏里头的珍珠。庄子笔下的黑色幽默告诉我们：不仅盗墓贼古已有之，而且满口仁义道德、内心男盗女娼者亦古已有之。“长江后浪推前浪，世上新人胜旧人。”如今的“盗墓”之徒演技更“出色”、手法更“高明”。周永康、薄熙来、令计划、郭伯雄、徐才厚之流，哪一个不言必称马列，外表装正经，可他们内心世界的丑恶程度不知要比这两个盗墓贼肮脏多少倍！

如《改地名》。严州本名睦州，方腊聚众造反，连破州县，东南大震，朝廷动用十多万军队，历数月才得以平息。宋徽宗怎么能跟造反的老百姓讲和睦呢？应该从“严”管理黎民百姓，于是睦州改名严州。新中国成立后，凭长官意志改过不少地名，徽州变黄山便是其中之一。“安徽”本由安庆府之“安”、徽州府之“徽”而得名。徽州没了，承载着七百八十年历史的徽商、徽剧、徽菜、徽雕、徽派建筑、徽派盆景的徽学好像失去了家园。

睦州改严州未能挽救宋朝命运。徽州改黄山就提高了黄山知名度？我看是捡了西瓜丢了芝麻。地名承载着历史和文化，还是少些即兴之作为好。如果非改不可也要改得有智慧，比如康熙大帝大笔一挥，将晋蒙交界的“杀胡口”改为“杀虎口”，民族矛盾立刻变为人兽矛盾，而音义尚存，就颇有政治家的远见和气度。

我不同意个别读者对先生译法的质疑。古文翻译也好，外文翻译也罢，评价标准只能是信（文字准确）、雅（富有文采）、达（思想透彻）。三者皆备，为上乘之作，《念楼学短》当之无愧。而销量惊人的《旧制度与大革命》，就显得“信”有余而“雅”不足，我几次拿起又几次放下。

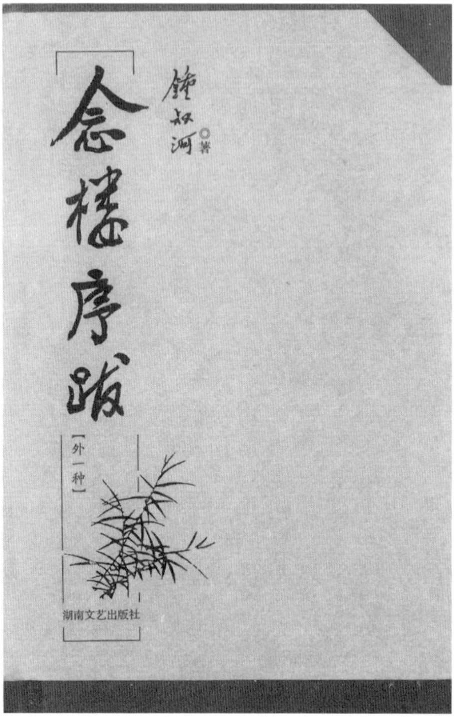

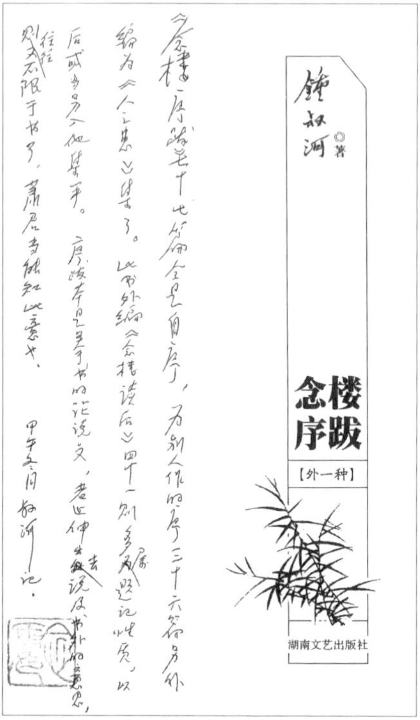

[锺题]

《念楼序跋》七十七篇全是自序，为别人作的序三十六篇另外编为《人之患》集了。此书外编《念楼读后》四十一则多属题记性质，以后或当另入他集乎。序跋本是关于书的论说文，若延伸出去说及书外的意思，则往往又不限于书了。萧君当能知此意也。

甲午冬月叔河记

湖南文艺出版社 2010 年 8 月第 1 版第 1 次印刷，责任编辑谢不周，无装帧设计者大名，字数 20 万，无印数，321 页，定价 36.00 元。

《念楼序跋》

先生的“序跋”和“读后”就事论事外，往往爱说些书外话、题外话。比如《林屋山民送米图卷子》的编者前言，论及民意和士气时议论风生：“要让民意伸张，士气发露，好话坏话就都要听。说好固佳，说坏其实也不大要紧，即使是骂。从陈伯达写《四大家族》起，骂宋美龄骂了六七十年，人家一百多岁不还好好活在那里。如果自信再多一些，说我不好我改就是，皇帝老子还可以下罪己诏嘛。”

这使我想起毛泽东早年说过的一段话：“那年边区政府开会时打雷，垮塌一声把李县长打死了，有人就说，哎呀，雷公为什么没有把毛泽东打死呢?”（见《毛泽东文集》第三卷第三三八页）民意反馈到毛泽东那里，他并没有怪罪那位农民，而是深入调查研究，发现边区政府征粮太多，老百姓苦不堪言，有人借雷公施威将怨气撒到了他身上。毛泽东主动承担责任，倡导党中央积极“研究财政经济问题，下决心搞大生产运动”，自己动手减轻农民负担。如果防民之口，知错不改，何来边区农民丰衣足食后踊跃缴纳“爱国公粮”这股“士气”？那后来的江山姓国还是姓共就尚未可知了。

“让人说话，天塌不下来。”这事打江山时容易做到，坐江山时何其难哉。四面歌功颂德，一派莺歌燕舞，谁愿听逆耳之言？在资中筠先生所批判的“颂圣”文化熏陶下，人们只会说“好话”，甚至连大科学家也不例外。如《读杨振宁〈曙光集〉》，所记数学家杨武之先生一九六二年接受“统战部或明或暗的建议”，去日内瓦劝儿子杨振宁回国时，说过这么一段话：

> 新中国使中国人真正站起来了，从前不会做一根针，今天可以制造汽车和飞机……从前常常水灾旱灾，动辄死去几百万人，今天完全没有了。

如果没有反“右派”斗争“引蛇出洞”的杯弓蛇影，武之先生会说这样的过头话？我想不会的，他会概算三年“自然灾害”死了多少人。

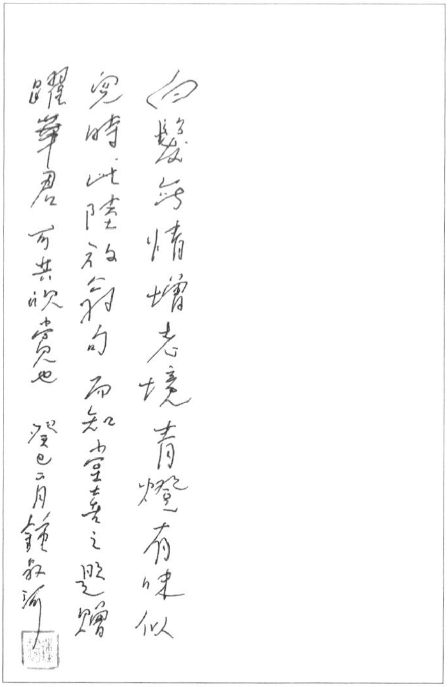

[锺题]

“白发无情增老境，青灯有味似儿时。”此陆放翁句，而知堂喜之，题赠跃华君，可共欣赏也。

癸巳二月　锺叔河

北京师范大学出版社、安徽大学出版社 2011 年 3 月第 1 版第 1 次印刷，责任编辑卢坡，装帧设计知耕书房，字数 15 万，无印数，214 页，定价 49.00 元。

《儿童杂事诗笺释》

一九四七年六月，周作人偶读英国诗人利亚的诙谐诗，觉得妙语天成，不可方物，遂略师其意，写儿戏趁韵诗，前后得四十八首，分儿童生活、儿童故事两类，分编甲乙，总之名曰《儿童杂事诗》。一九四八年三月又作《儿童生活诗》补丙编二十四首，“一九五四年一月三十日重抄一过”。

一九五〇年，上海《亦报》连载《儿童杂事诗》，署名东郭生，丰子恺插图，先生读而好之，然年方弱冠，又忙于打背包下乡，匆匆不克辑存。反“右派”运动中他力佣为生，引车夜归，闭门静坐，反得专心读书，始知东郭生乃周作人笔名。周诗丰画相得益彰，同臻不朽，遂设法求得《亦报》剪报全份，二十世纪八十年代发愿为其作笺释。然笺释过去的儿童生活和儿童故事、过去式的语言文字殊非易事，需假以时日。文化艺术出版社初版（一九九一年一月）印行三千册，之后即未重印。笺释后来得到补充材料，原印本亦有数处阙误，中华书局（一九九九年一月）重印时作了修订，岳麓书社（二〇〇五年二月）再版时又作了修改。这次则是大改，改掉了原来大字直行的版式，字数增加了，内容也作了比较多的补充。

锺题中的“增”字可能是笔误，有陆游《秋夜读书每以二鼓尽为节》为证：“腐儒碌碌叹无奇，独喜遗编不我欺。白发无情侵老境，青灯有味似儿时。高梧策策传寒意，叠鼓冬冬迫睡期。秋夜渐长饥作祟，一杯山药进琼糜。”

陆放翁笔下，“白发”与“青灯”，“无情”与“有味”，“老境”与“儿时”相映成趣。幼时对着“青灯”夜读，老了秉烛夜行还意味盎然，觉得读书有味，此乃真读书人也，惜这种人如今越来越少了！

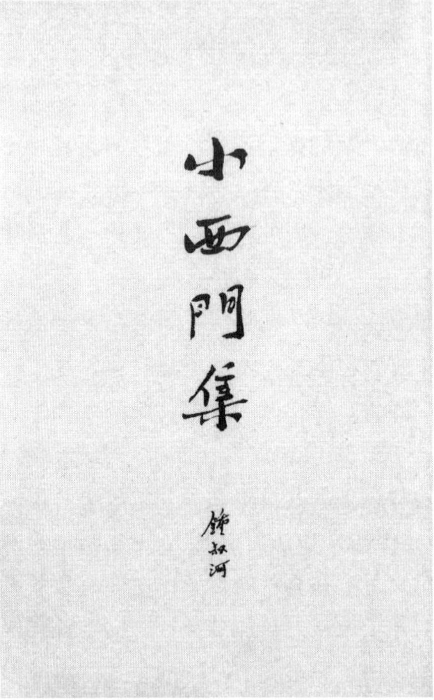

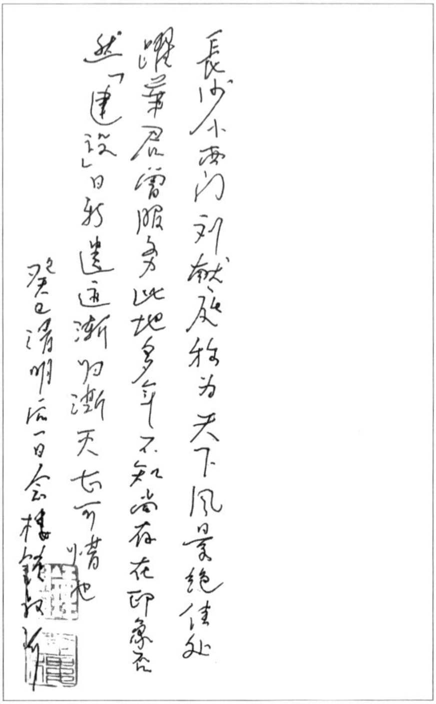

[锺题]

长沙小西门，刘献庭（廷）称为“天下风景绝佳处”，跃华君曾服务此地多年，不知尚存在印象否？然“建设”日新，遗迹渐归澌灭，正可惜也。

癸巳清明后一日　念楼锺叔河

岳麓书社 2011 年 5 月第 1 版第 1 次印刷，责任编辑曾德明，封面设计郑宝雄，字数 20 万，印数 5000 册，361 页，定价 35.00 元。

《小西门集》

该书从先生已刊行的十多本书中选出同类文章若干，加上尚未入集的几篇新作，共计六十七篇，另附《一九五七年的四十八条》和先生夫人朱纯的《关于“同人报”》《老头挪书房》。书名循例取其一篇名，曰《小西门集》。“世界最美的书”设计者朱赢椿先生，曾表示愿为这本书做整体设计，亲自监制，代理出版。惜“天”不随人，未能如愿，但先生仍然十分感谢，“朱君所制的书衣我确实喜欢，希望今后还能有得到的机会”。

刘献廷（一六四八——一六九五），祖籍江苏吴县，生于顺天府大兴（今北京市）。字君贤，一字继庄，别号广阳子，清初地理学家，著有《广阳杂记》。他康熙年间旅行湖南，对小西门有如下描写：“长沙小西门，望两岸居人，虽竹篱茅屋，皆清雅淡远，绝无烟火气。远近舟楫，上者，下者，饱张帆者，泊者，理楫者，大者，小者，无不入画。天下绝佳处也。”

我一九八三年十月入伍来到长沙时，地理学家笔下的世外桃源、人间天堂早已荡然无存，经过三百多年的城市“建设”，小西门已成为长沙市“历史文化风貌保护区”，鲜有人知道小西门曾改名黄兴门、坡子街曾改名黄兴街的历史掌故，连诗人们也想象不出这里曾有竹篱茅屋的踪影。我们中队在小西门附近的坡子街担负银行金库守卫任务，那是改革开放之初，人人都想成为“万元户”的年代，装着真金白银人民币的押钞车进进出出，次数逐月逐年增多，方知市场经济发展之迅猛，国人的“行色匆匆”取代了“清雅淡远”，“物欲横流”淹没了“绝无烟火气”。喜耶！悲耶！

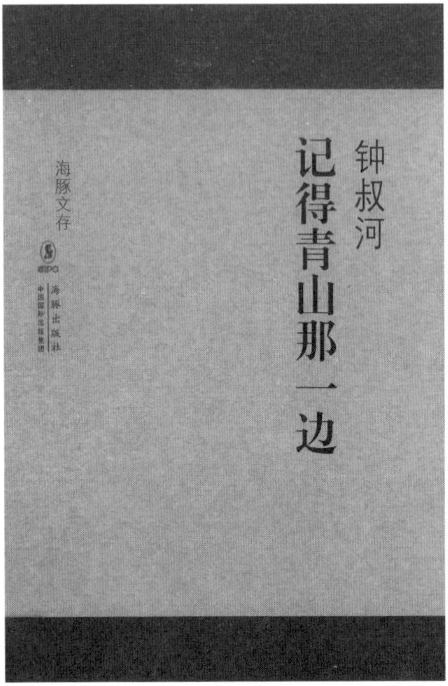

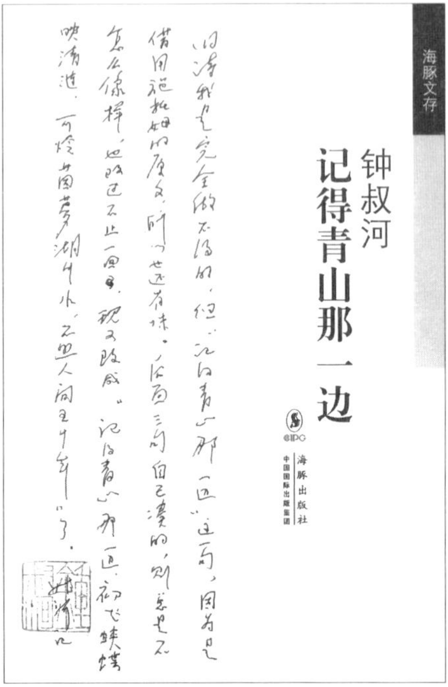

[锺题]

旧诗我是完全做不得的，但“记得青山那一边”这一句，因为是借用施托姆的原文，所以也还有味。后面三句自己凑的，则总是不怎么像样，也改过不止一回，现又改成“记得青山那一边，初飞蛱蝶映清涟。可怜茵梦湖中水，不照人间五十年”了。

叔河记

海豚出版社2011年8月第1版第1次印刷，责任编辑李忠孝，整体设计郑在勇、吴光前，字数7万，无印数，145页，定价20.00元。

《记得青山那一边》

先生从三本自选集中，抽出多少带有个人感情色彩的二十篇，外加新写的两篇，成此小册。他当总编辑时喜欢出小开本的书，一只手可以久拿，卧读也比较方便，无论翻到哪一页都服服帖帖。这次他欣然接受“海豚文存”邀请，就是希望自己能再过一回“小开本”的瘾。

“记得青山那一边，年华十七正翩翩。多情书本花间读，茵梦馀哀已廿年。”这是先生四十多年前坐牢时写的《惜往日》组诗之一。我向先生求赐自书诗时已改成：“记得青山那一边，双飞蝴蝶正翩翩。可怜茵梦湖中水，照尽悲欢六十年。”先生喜欢改自己的文章，一改再改，不厌其烦，这是他文章耐看的一个重要原因。他原想用首句诗作《小西门集》书名，因嫌字数稍多终于还是舍弃了。这次重新启作书名，足见他对“记得”一往情深。

先生的文章蕴含了大量的文史知识、珍贵史料、名人逸事、市井风情等。我从《故乡平江》中初知“长郡十二属”地名歌诀：“长（长沙）善（善化）阴（湘阴）浏（浏阳）醴（醴陵），潭（湘潭）乡（湘乡）宁（宁乡）益（益阳）攸（攸县），安化茶陵州。”我的祖上还是长沙府人。《时务学堂何处寻》告诉了读者当年“实验省”推行新政，首开长沙时务学堂的盛况，这处在中国现代化历史上颇具纪念碑意义的旧址，如今已无迹可寻，不能不令人叹息。

“青山”典出自德国作家施托姆小说《茵梦湖》。该书解放前有郭沫若、唐性天、朱契、施瑛四个译本，还有巴金收入《迟开的蔷薇》集中的《蜂湖》。先生被囚禁的日子里，在极端的孤独和苦闷中，记忆深处不止一次默诵着巴金版的译文，“我们的青春就留在青山的那一边，可现在它到哪儿去了呢?”从而使自己的感情得到宣泄，泪水得以痛痛快快地一流，稍微疏解郁积在心里的余哀。

该文存总策划梁由之先生衡量优秀书籍的标准是“有趣，有意思”。我认为“青山”二者兼备，不知眼界颇高的由之道兄以为然否？

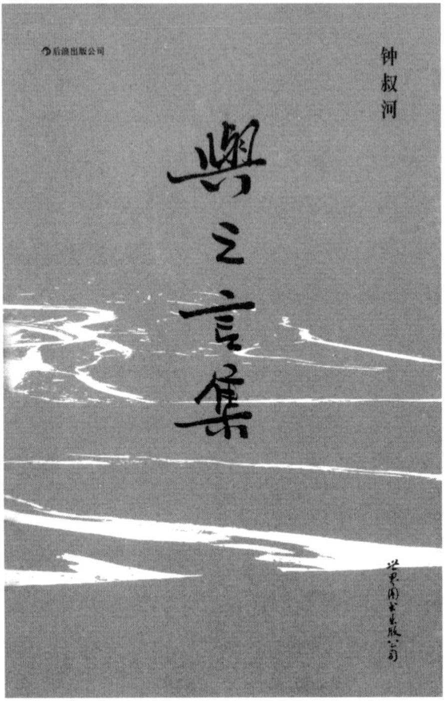

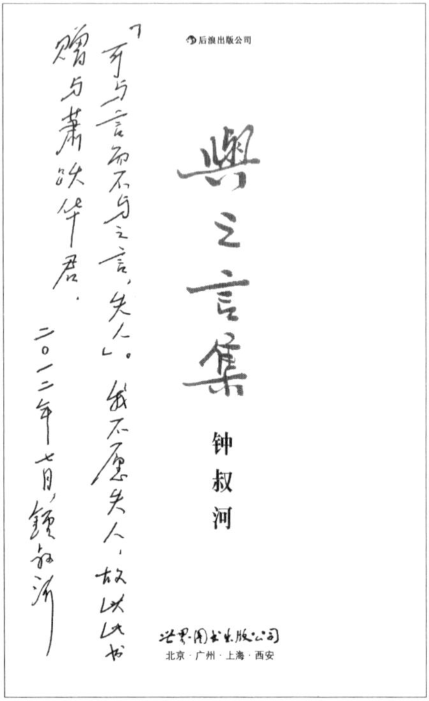

［锺题］

“可与言而不与之言，失人。”我不愿失人，故以此书赠与萧跃华君。

二〇一二年七月　锺叔河

世界图书出版公司北京公司 2012 年 6 月第 1 版第 1 次印刷，责任编辑马春华，装帧设计墨白空间，字数 15 万，精装，无印数，257 页，定价 120.00 元。

《与之言集》

这是一部访谈录，也是先生的“思想自传”，它通过四十篇专访向读者讲述了老一代出版人跌宕起伏的人生经历。它如同一幅绚丽多彩的画卷，形象勾勒出了先生的性格特征、生活历程，透过一个个可触可摸的生活镜头，可以深入了解他的出版理念和价值追求，展现出了当代知识分子的独立人格和责任担当。

先生是个高明的答问者，他谈出版泡沫，谈出版自由，谈作家办书院，谈大学生读经，谈文化庸俗化、思想现代化，谈曾国藩、周作人，上下五千年，纵横三万里，谈古论今，无所不说。比如他对“蔡伦造纸”和“郑和下西洋”提出质疑，说自幼阉割入宫的太监，怎么会懂得造纸和航海？这虽是一家之言，倒也自圆其说，不像某些学者说李白是“古惑仔”一样信口雌黄。

黄永玉先生每次返湘都要与锺先生聚聚，两位健谈老人常常为掌握话语权而“苦恼”，以致黄先生说出“下次不再请锺叔河”这样的“气话”。可当“我的文人行当——黄永玉作品展”在长沙美仑美术馆展出时，黄先生还是派人给先生送来了请柬。

“可与言而不与之言，失人；不可与言而与之言，失言。知者不失人，亦不失言。”孔夫子所讲的这个分寸实在不好把握，所以先生常常祸从口出。反“右派”斗争中先有两大“失言”，一是“自由民主多点好”，二是“希望党外能办报”，结果当了二十年“右派”。“文化大革命”中又有两大“失言”，一是“古旧图书烧了难得再印”，二是“自家天下怎么越乱越好”，结果判刑十年坐了九年。这两次后果都相当严重，全是“不可与言而与之言”惹的祸。但先生一点都不后悔，也至今不长记性。

前些年，湖南省委、省政府召开文化界知名人士座谈会，先生会上放了两炮。其一是曾国藩由湘乡人变成了娄底人，这两个字改得很没文化，因为曾湘乡世所共知。其二是南下干部一句话，将有九百多年历史的善化县改名望城县，而且望城坡又从来不归望城县管，你说有多么滑稽？这种名副其实的文化“强拆”，令当地文化无法延伸，逐渐消失，应该坚决予以制止和纠正。

文章不值一分钱。先生明知“不可与言”又还要“与之言”，真是“江山易改，禀性难移”。

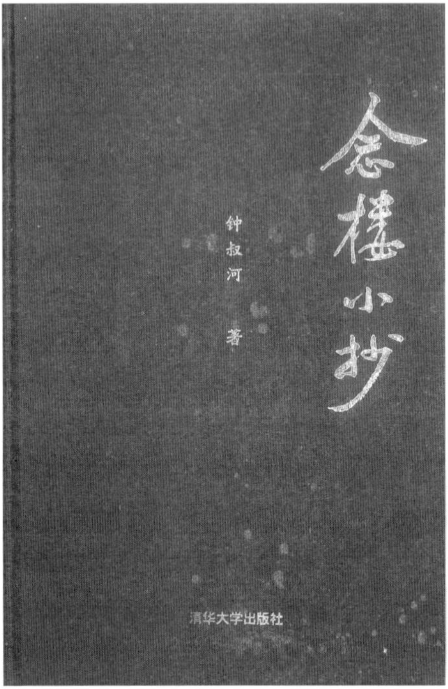

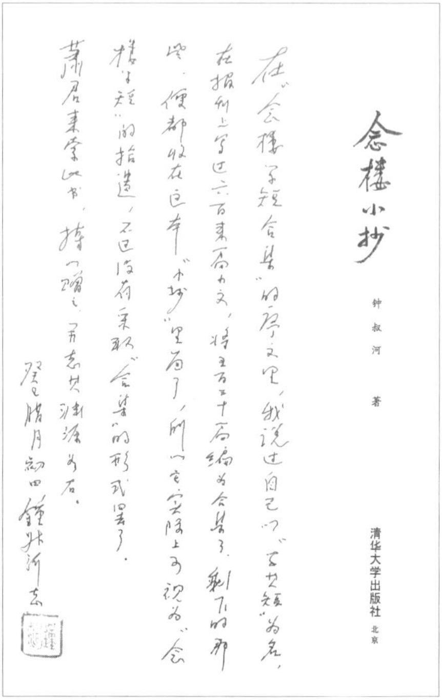

［锺题］

在《念楼学短合集》的序文里，我说过自己以“学其短”为名，在报刊上写过六百来篇小文，将五百三十篇编为合集了。剩下的那些，便都收在这本“小抄”里面，所以它实际上可视为《念楼学短》的拾遗，不过没有附于“合集”罢了。萧君来索此书，持以赠之，并志其渊源如右。

癸巳腊月初四　锺叔河志

清华大学出版社 2013 年 6 月第 1 版第 1 次印刷，责任编辑宋丹青，封面设计樊瑶，字数 20.9 万，无印数，276 页，定价 32.80 元。

《念楼小抄》

这部简装标价的精装书有点小故事。

王平先生陪我到念楼锺寓“催债”（立等先生在旧书上签名题跋），适逢《念楼小抄》出版，先生说很快有精装本寄来，问我们要简装还是精装。

天上的仙鹤不如手中的家雀。王平先生当即表态要简装题跋本。我则比较“贪婪”，答曰：“静候精装。”

“小抄”精装本来了，我当面索要过一次，先生“王顾左右而言他”。后来我打电话请教其他事情又旧事重提，最后耍赖撂下“重话”：“不管什么原因，必须给我一本。”

“我又不是你看押的犯人，哪有这个搞法?”先生电话中嗓门洪亮、笑声朗朗。“文化大革命”中，先生曾在株洲网岭洣江茶场“服刑”九年，我的老部队担负看押任务。我曾跟他开玩笑说：“如果我早从娘肚子里出来三五年，就有可能从监狱的围墙上看到您‘劳动改造’了。”先生记住了我说过的话，用来取笑我如今还用强索硬要的口气说话。

二〇一四年一月四日下午，当我再次来到念楼提出要书请求时，先生从书架中取出书题上这段话。他说：“出版商只给了五十本，送得差不多了，王平也想要，但他已有简装，不好意思开口。”

我庆幸自己的“贪婪”终于等来“仙鹤”。

本书集先生短文一百四十三篇，每篇不超过一千字，简约流畅，清新自然。先生说自己只会写小文，不会写鸿篇巨制。这既是自谦，也是对时下八股风的讥讽。想当年，先生写“走向世界丛书”序论，每篇洋洋洒洒上万字，引经据典，行云流水，脍炙人口，深得李一氓、钱锺书、李侃等先生的激赏。他晚年以写散文随笔为主，应邀在《文汇报》《新京报》等报刊开辟专栏，每篇写几百字，每周刊发一至两次。这样于作者省气力，于报刊省版面，于读者省时间，三全其美，是件功德无量的事情。

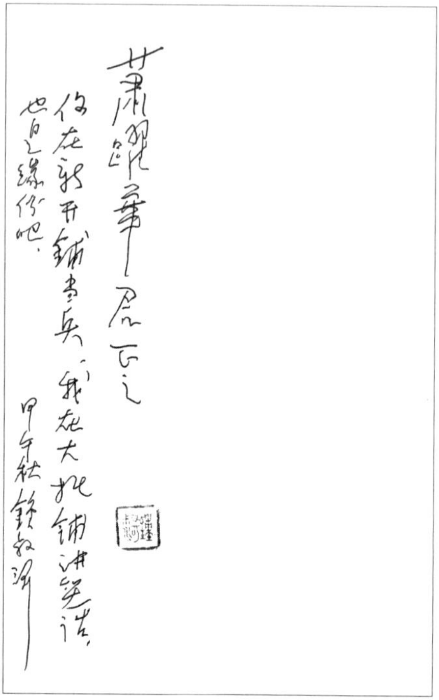

［锺题］

萧跃华君正之。

你在新开铺当兵，我在大托铺讲笑话，也是缘分吧。

甲午秋　锺叔河

广东人民出版社 2014 年 8 月第 1 版第 1 次印刷，特约编辑季东，责任编辑梁茵，装帧设计张绮华，字数 13 万，无印数，217 页，定价 28.00 元。

《大托铺的笑话》

“百家小集”第一辑收入朱正、锺叔河、王跃文、丁东、谢泳、蓝英年、智效民、王彬彬、陈四益、邵燕祥先生大作，总策划肖风华，主编向继东。先生此册收文四十八篇，循惯例取其中一篇文章标题作集名，作者在《小引》中述说了书名来历及成书经过。

这本书的原拟书名还有《二百一十六年后平反》。朱元璋杀了自己的亲家——开国第一功臣李善长的全家，却又向李的儿媳——自己的长女临安公主承诺，二百一十六年后一定给李家平反。我当时就问锺先生：“这个数字是怎么来的？如果明朝历史超不过唐朝（二百八十九年）怎么办？”

朱元璋御笔亲署是“洪武二十三年”（一三九〇年）。临安公主九世孙“捧高祖御笔龙封”从安徽绩溪进京当是一六〇六年，万历皇帝执政期间。先生文中说“崇祯将此事交阁臣讨论”，是否弄错了时间？

二〇一四年八月八日，我到念楼“催债”（题跋书），适逢一秃顶大汉嚼着槟榔与先生商谈什么，先生见缝插针给他们一行三人签名赠书。我一旁插话：“给我也来一本。”他取出样书写下“萧跃华君正之”就想交差，我执意让他写几句话，并开玩笑说：“我当兵就在新开铺，守长沙隧道，离您讲笑话的地方很近呢！”先生笑着补写了这句话。事后得知秃顶大汉乃岳麓书社总编辑曾德明先生，此行目的是洽谈周作人散文小开本再版事宜。

我们新开铺也有笑话——偷橘子的笑话。当时长沙隧道南口三面都是橘园，每当橘子成熟的时候老兵们就开始夜间行动，言传身教新兵蛋子如何才能不让铁桶发出响声，以免引起看护橘园的果农注意。我们将偷来的橘子藏在哨所周围的草丛里，谁想吃就摸出几个来解解馋。记得高中同学李正佳探亲路过长沙，我就从草丛里掏出两袋橘子托其带回老家孝敬母亲。

那时物资匮乏，我们每月又只有十块钱的津贴费，十七八岁的小伙子面对红灿灿的诱人橘子，谁还记得“三大纪律八项注意”？

如今橘园早已盖起高楼，长沙隧道也早已撤兵，我们年轻时候偷鸡摸狗的“战场”连影子都找不到了，真留恋那些欢快的日子！

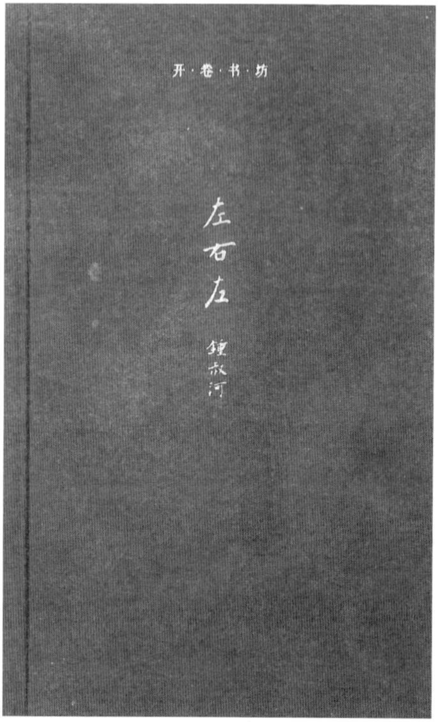

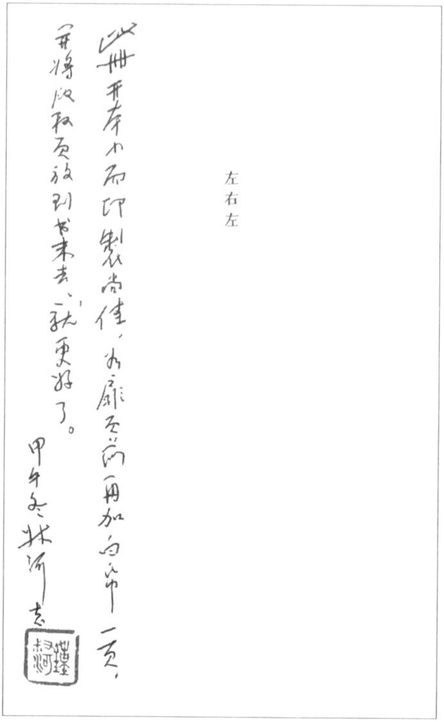

[锺题]

此册开本小而印制尚佳，如扉页前再加白纸一页，并将版权页放到书末去，就更好了。

甲午冬　叔河志

上海辞书出版社 2014 年 8 月第 1 版第 1 次印刷，书名题签余新伟，责任编辑彭卫国、霍丽丽，书籍设计朱赢椿，字数 8.2 万，无印数，195 页，定价 30.00 元。

《左右左》

“开卷书坊”第三辑收入子张、子聪、毛乐耕、李文俊、刘绪源、陈子善、吴奔星、周立民、锺叔河、徐鲁先生大作，丛书策划蔡玉洗、董宁文。先生此册收文四十篇，以写作时间先后编次，书名仍循惯例取其中一篇文章标题。先生还耿耿于怀几年前书名被两位“望重之人”捡起来用，这次“但愿它不会像《书前书后》那样，又引起第二、第三、第……回‘书名雷同’来，那就真成了小学生齐步走了”。

“一二一，左右左”，这个口令相信大多数人耳熟能详，但像先生一样深究个中含义并孜孜不倦追求的人恐怕不会太多。国民党统治时期腐败黑暗，正在读高中的先生感到不民主不自由，很不喜欢它，共产党在地下一鼓动，他就带头罢课，带头上街游行，自然成了“左”倾学生，头上至今还遗留着国民党三青团打他的伤疤。一九五七年大鸣大放，他身为湖南省委机关报的编辑仍然要民主要自由，于是被打成反动“右派”，“文化大革命”中以“反革命罪”被判处有期徒刑十年。一九七九年平反后，他每出一本书，每写一篇文章，都翻来覆去地宣扬民主自由的观念，使人们觉得不民主不自由总是不好的，现在的政治和文化还不完美，不是一种理想状态。“我的这种情绪，和身为‘左倾学生’向国民党示威喊口号的时候，仍是一脉相通的。”

其实，“左”和“右”是相对的，并且可以相互转化。但无论怎么“转”，民主自由是任何一个正常国家绕不过的坎儿，不论执政者对其有什么样的爱恨情仇。我们既不要有“警惕西式民主陷阱”的杯弓蛇影，也无须歌颂“中国民主模式初步形成”，最要紧的是扎扎实实做点有利于民主自由的实事。

“念楼壁上”五则来自先生的新开栏目，但万不可较真，当你巡视念楼时看不到他笔下所写的墨宝，不必产生被“糊弄”的感觉。因为他的许多名贵书画都藏在“箧中”。我也准备邯郸学步，动手写写自己的藏品，栏题曰《锻坊箧中》，由“念楼壁上”引申而来，外人看了不露痕迹，不知先生会不会说我“抄袭”？

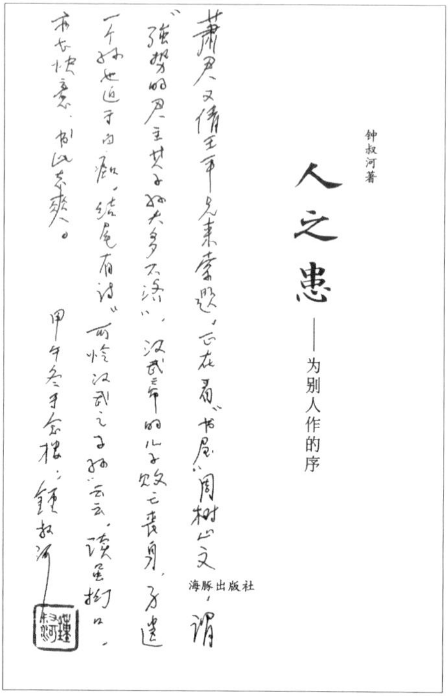

[锺题]

萧君又倩王平兄来索题，正在看《书屋》周树山文，谓“强势的君主其子孙大多不济”，汉武帝的儿子败亡丧身，子遗一个孙也近于白痴，结尾有诗“可怜汉武之子孙”云云，读虽拗口，亦甚快意，书此志爽。

甲午冬于念楼　锺叔河

海豚出版社2014年8月第1版第1次印刷，选题策划杨小洲，责任编辑曹振中，美术编辑吴光前，字数8万，无印数，165页，定价46.00元。

《人之患——为别人作的序》

“人之患在好为人序”中的“患”，主要指两种人。一则官僚。部属出书，请为序言，既好虚名，又不操刀，往往由当事人或秘书班底起草个东西，签名画押就行，大话空话奉承话连篇。一则学阀。他是这个行业的所谓权威，他的序言代表着科研经费，代表着学术水平，学阀想永远占领主阵地，永远掌握话语权，“无所发明”仍要叽叽喳喳。

先生的这三十六篇序言于书都“有所发明”，“其文优，其于是书也有功”，自然有别于官僚、学阀，不在顾炎武先生所说的“患”之范畴。他坦陈这些序言既有“自己要写，甚至写好送上门去的”，如《陈子善编〈亦报随笔〉序》《陈子善编〈知堂集外文·四九年以后〉序》等；又有由于感情不能不写的，像《为〈李锐先生米寿纪念文集〉作》《〈刘志恒文集〉序》等，但不论是百货商店退休员工还是中顾委常委，他都一视同仁。

比较有意思的是，先生在“二千零一十四年四月于念楼”的自序中刚刚说过：“现在便将这册书取名‘人之患’，警惕自己不要再为‘患’了吧。”他“二千一十又四年五月八日夜于长沙”又“患”了一回，为作品尚未结集的王平先生撰写了《〈王平散文〉序》。我开玩笑说：“既然破了戒，您也给我‘患’一回吧！”他微笑着没有接话。

先生觉得拗口，但甚为过瘾的诗为：“可怜汉武之子孙，凋零败亡多丧身。幸有孑遗继大统，尚留白痴笑后人！”汉武帝六个儿子，五个不得善终，留个孙子接位也近乎白痴。封建专制下的“雄主”大多舍得杀人，尤其舍得杀自己人，包括亲生骨肉。权术用尽，坏事干绝，自然违背了“十分聪明使七分，留下三分与子孙。若要十分都使尽，远在儿孙近在身”的古训，子孙不济乃是意料之中的事情。这是历史反复证明了的。

第二辑　锺所编

[锺题]

“走向世界丛书”原来是这样的小开本，影响最大的也是这样的小开本，后来越出越大越厚，非我本意也。

叔河　甲午立秋

湖南人民出版社 1981 年 1 月第 1 版第 1 次印刷，容闳原著，张叔主补译，徐观石、恽铁憔原译，杨坚、锺叔河校点，责任编辑锺叔河，装帧设计易地，字数 8.1 万，印数 7900 册，125 页，定价 0.54 元。

《西学东渐记》

这是“走向世界丛书”最初面世时的第一个小开本，第一个留美毕业的容闳叙述他在中国和美国的生活。书分“幼稚时代”“学成归国”“太平军中之访察”“与曾文正之谈话”“经理留学事务所”“戊戌政变”等二十二章，有作者《自序》，先生所撰《〈走向世界丛书〉总序》《为使西学东渐而奋斗的一生——容闳和他的〈西学东渐记〉》，特韦契耳《代跋》，附《〈西学东渐记〉译文正误表》《今昔译名对照》。

容闳（一八二八——一九一二），广东香山南屏村（今珠海市南屏镇）人，号纯甫。这个家庭贫苦、资质极佳的年轻人，被传教士勃朗先生带到美国后考入耶鲁大学，两次夺得英文论文桂冠，为国人赢得了荣誉和尊严。他主动放弃归化美国资格，归国后向太平军提政治建议，筹办江南制造局，组织中国留学生出洋，参加维新变法运动被清政府通缉，同情和支持孙中山革命活动。他的一生是爱国的一生、寻找中国现代化的一生，将永载史册，为知识界所敬重。

先生推出丛书的时候，中国社会正从王德祥先生“新翻印的旧游记”的描述中走出来：“一九四九年后中国大陆出生的孩子，生活在相当于清朝‘闭关自守’的时代，他们除了能读到两位长着大把胡子的‘马克思爷爷’和‘恩格斯爷爷’的书以外，几乎读不到有关中国以外的世界知识——无论新的、旧的。”这些带有鲜明启蒙色彩的丛书，如缕缕春风吹拂着人们的心头，为知识界的思想解放注入了清新活力，受到了李一氓、钱锺书、杨宪益、黎澍、李普、李锐等先生的高度评价。

丛书刚开印时社领导只同意每年出两三本，先生极力反对这种“羊拉屎”的做法，坚持一本接着一本出，“这样才能形成丛书效应”。后来的舆论氛围促成了他想法的实施。

先生说：“我这一辈子基本上是按照自己的想法做事的。我不很愿意也不习惯按照别人的指示做事。”看来，当他的领导没有一点墨水和肚量恐怕不行啊！一笑！

[锺题]

“走向世界丛书”中，这是文笔较好的一种。黎庶昌本是“曾门四子”之一，古文名家也。跃华同志请珍重之。

甲午秋日　锺叔河题

湖南人民出版社 1981 年 6 月第 1 版第 1 次印刷，黎庶昌著，喻岳衡、朱心远校点，责任编辑锺叔河，装帧设计易地，字数 15.8 万，印数 18300 册，244 页，定价 0.73 元。

《西洋杂志》

该书收文七十五篇，附《西行游记》七篇、《书简与地志》八篇，封面画西班牙斗牛士戈雅作，封内黎莼斋先生画像丰子恺作，《西行杂志》插页系原刻本书影。先生的长篇序言《一卷西洋风俗图》，对黎庶昌其人其书进行了全面介绍。

黎庶昌（一八三七——一八九六），贵州遵义人，字莼斋，自署黔男子，早期从郑珍学习，讲求经世之学。同治元年（一八六二）上书论时事，朝廷降旨以知县补用，入曾国藩幕，深得信任，随营六年，与张裕钊、吴汝纶、薛福成并称“曾门四弟子”，曾署理吴江、青浦等知县。光绪二年（一八七六）随郭嵩焘出使欧洲，任驻英、德、法、西班牙四国参赞，游历比、瑞、葡、奥诸国，注重考察各国山川城郭、风土人情、贸易盛衰、户口蕃耗、道途险易、军事虚实，写成《西洋杂志》，成为清代黔地“睁眼看世界”的第一人。

黎氏为圈内所熟悉的是《续古文辞类纂》和《古逸丛书》，尤其是后者。他光绪七年任出使日本大臣，访求辑录国内失传古籍二十六种，包括著名的《太平寰宇记》逸文五卷半，自费影刻传世，对祖国文化事业是个不小的贡献。这之前，他仗着一支“绘声绘色”的笔杆子，对十九世纪西欧社会生活进行了出神入化的刻画。黎氏大概是中国描写氢气球、斗牛、溜冰的第一人。他既看到了资本主义机器生产的优越性，欧洲国家的议会民主和强权外交，也看到了晚清的内忧外患。

西方列强假“游历”名目，以遂其窥探内地之私计，“其国虽远在数万里外，中土形势，莫不了如指掌”。“当咸丰年间议割黑龙江时，以为弃此数千里不甚爱惜之地，以惠俄人，重订新章，当可保百年无事；乃曾未十年，而伊犁已入俄人之手矣。”他多次上书曾纪泽，“庶昌不惜躯命，乞充一路之任，以上报国家，为奔走臣，亦以明文正公（曾国藩）知人之美”。其目的就是“以备日后通商用兵有所考核，不为俄人所欺”。

黎氏并非杞人忧天。日寇侵华前，早已将中国窥探得一清二楚。

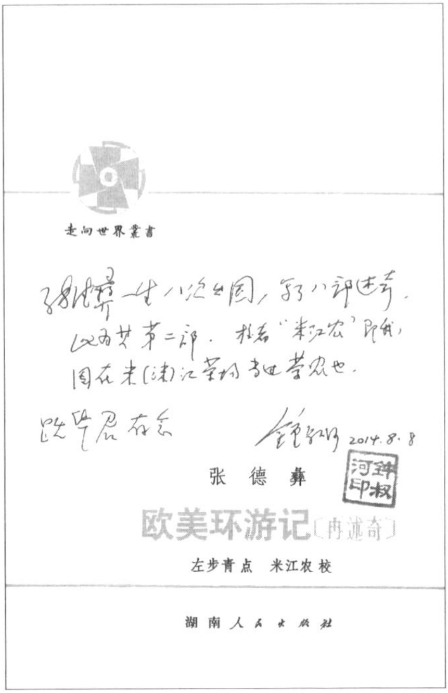

[锺题]

张德彝一生八次出国，写了八部述奇，此为其第二部，校者“米江农”即我，因在米（洣）江茶场当过茶农也。

跃华君存念。

锺叔河　2014.8.8

湖南人民出版社1981年11月第1版第1次印刷，张德彝著，左步青点，米江农校，责任编辑锺叔河，装帧设计易地，字数14.5万，印数21300册，241页，定价0.72元。

《欧美环游记·再述奇》

张德彝（一八四七——一九一八），祖先原籍福建，后来到了辽宁，清初被编入汉军镶黄旗，入关后世居北京。他是中国近代第一个外语学校——同文馆的第一届毕业生，中国第一代职业外交家。一生八次出国，在国外度过了二十七个年头，随笔记录的新奇见闻，依次辑成《航海述奇》《再述奇》至《八述奇》，其中《航海述奇》《四述奇》曾有人传抄。这个亲眼见到了巴黎公社革命的中国人，首次向中国同胞介绍了蒸汽机、升降机、缝纫机、收割机、管道煤气、标点符号乃至巧克力，首译的电报、自行车、螺丝等科技名词至今仍被国人沿用。张氏去世，一首挽联这样评价他的人生和他的书：

> 环游遍东亚西欧，作宇宙大观，如此壮行能有几？
> 著述奇连篇累牍，阐古今奥秘，斯真名士不虚生。

楼以文名，人以文传。张氏民国后长期静寂无闻，若不是先生独具匠心策划推出“走向世界丛书”，他可能会被淹没在历史的长河中无人知晓。张氏在风云变幻的晚清外交舞台上没有什么建树，当了几年“国师”也没有给光绪皇帝留下多少印象，所以先生一语中的——张德彝的全部作品的价值，恰如其书名，仅止于“述奇”而已。

我倒认为“述奇”比“罢笔”好。晚清民国以降的外交官车载斗量，但有所建树者毕竟凤毛麟角，与其要求人人干“大事”，不如提倡力所能及学“述奇”。这是一种文化输入。如果我们的外交官能把各国的政治、科技、文化、习俗等“述奇”给国人，可能不亚于输出孔子学院的意义。

洣江茶场位于湖南茶陵。先生在这里坐过九年牢，主要干技术活（绘图），“当过茶农也”不过是自嘲。他的工作体力消耗不大，定量供应的米饭老吃不完，经常匀给周围狱友。一次监狱加餐，某人端着排列整齐的一小碟肥肉片走过来对他说：“这些肉都给你，以后你吃不完的饭都给我。”先生不喜欢这个人没有答应。事后狱友相告：“幸亏你没和他换，他早就把肥肉都放进嘴里吮吸得干干净净了。”这可否算洣江茶场“述奇”？

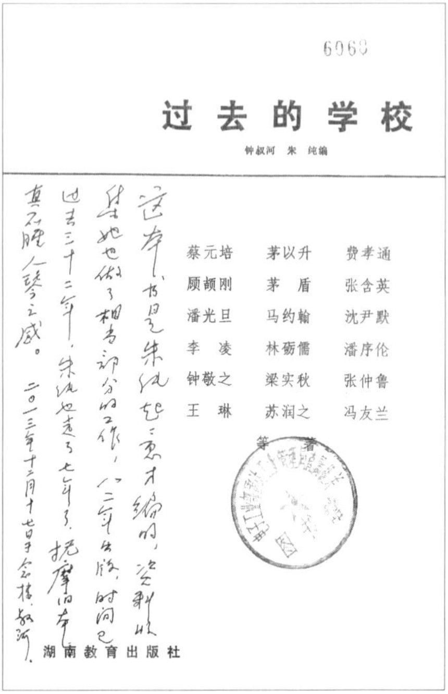

［锺题］

这本书是朱纯起意才编的，资料收集她也做了相当部分的工作；八二年出版，时间已过去三十二年，朱纯也走了七年了。抚摩旧本，真不胜人琴之感。

二〇一三年十二月十七日于念楼 叔河

湖南教育出版社 1982 年 11 月第 1 版第 1 次印刷，锺叔河、朱纯编，封面设计许涌，字数 45.5 万，印数 15000 册，599 页，定价 1.85 元。

《过去的学校》

什么叫“夫唱妇随、举案齐眉”？本书就是例证。

朱纯（一九二八—二〇〇七），湖南长沙人，一九四九年八月与先生同时进入新闻界当记者，一九五三年与先生结婚。一九五七年后夫妻并力劳动为生，朱纯努力成为五级木模工，“文化大革命”先生被捕后她独力养大几个孩子，还为先生的母亲送了终。

“过去的学校”大体从清末维新变法、初设新式学堂算起，下限则断在一九四九年。这些写“过去的学校”的老先生们，如蔡元培、沈尹默、刘仙洲、罗家伦等大多是“五四”时代的人。或是“五四”时代的校长、老师，或是“五四”时代的学生，他们的“过去”离我们并不遥远，也就是一两代人以前的事情。这是现代学校在中国的草创阶段，祖辈和父辈们筚路蓝缕，以启山林，给今天的校长、今天的老师、今天的学生，以及今天所有关心教育的人们留下了宝贵的精神财富。

该书二〇〇五年十二月由长江文艺出版社第二次印行时，改名为《过去的大学》。先生删去了牟小东、苏润之等人的十七篇，新收了胡适、张申府等人的十八篇，并新写了序言。二十三年前，先生还看不到蒋梦麟、梅贻琦他们的著作，也不大敢把林语堂、罗家伦他们的作品编到书里去，这就是“历史的局限”。这种局限，这些回忆文章中也都不同程度地存在着，但这并不影响文章的价值。这本书的再版，说明“过去的大学”是有人愿意了解的，是有人不能忘怀的，这本书还是有人要读的。

这不，同心出版社二〇一一年十二月又第三次印行。先生将三十九篇文章按内容分为了“过去的校长”“过去的教授”“过去的学生”三个部分，这样更便阅读；又删去了内容比较空泛的四篇和写中学的三篇，换上介绍燕京大学和清华大学的七篇；用梅贻琦《所谓大学者，有大师之谓也》，取代了他人捉刀的《工业教育与工业人才》。

“木犹如此，人何以堪”。二〇〇七年后，先生抚摩旧本，痛人亡而物在，足见其夫妻情笃。他唯愿现今的大学校长、大学教授和大学生赶快用事实来证明，他们也是值得载诸笔墨的！这既是良好的祝愿，更是严峻的考验！

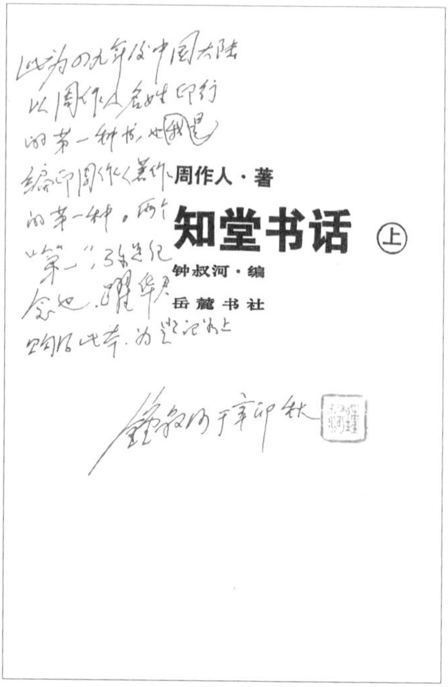

[锺题]

此为四九年后中国大陆以周作人姓名印行的第一种书，也是我编印周作人著作的第一种。两个“第一”，弥足纪念也。跃华君购得此本，为题记如上。

锺叔河于辛卯秋

岳麓书社 1986 年 4 月第 1 版第 1 次印刷，周作人著，锺叔河编，装帧设计胡颖，印张 30，字数 63 万，印数 10500 册，932 页，定价 6.00 元。

《知堂书话》

封面题字集周作人手迹，自此出于锺先生之手的周氏著作循例集用其字，成一大特色矣。

周作人（一八八五——一九六七），浙江绍兴人，原名櫆寿，字星杓，号知堂，笔名遐寿、岂明等。江南水师学堂毕业，入日本法政大学、立教大学，师事章太炎。历任北京大学、燕京大学等校教授。抗战期间出任伪职。鲁迅之弟，周建人之兄。著名散文家、翻译家，“五四”新文化运动健将、中国民俗学开拓者。

先生一九五〇年暮春读《希腊的神与英雄》，写信给上海文化生活出版社，询问作者为什么不用约定俗成的译名，辗转联系上了周作人。先生被打成“右派”开除公职后，拉板车养家糊口还不忘给周氏写信，周氏很快回信并赠送书法和签名书。如果没有这封回信，谁会相信在那个蒙昧年代，一个穷困潦倒、三十出头的青年，竟然会与素昧平生、年近八十的知堂老人通过信？谁又能料想到廿年之后他还会编周作人的书呢？

先生出狱后，首先想到的是重新出版周氏著作。“在我所读过的书评书话中，我认为周作人写的文章可算是达到了上乘的标准。”他从其二十八部文集和遗稿中，精挑出三百多篇书评编成“书话”，以飨与他有同嗜的读书人。

这是我购买的第一部周作人文集，也是我第一次阅读文化名人的散文随笔。一九八九年春夏之交，我趁执勤间隙闲逛北京市安定门外的一家书店，偶获此书爱不释手，书中画了许多横线，当时我根本没注意编者是谁，更没想到二十年之后我会成为念楼常客。

我二十出头时主要阅读杂文和报告文学。这就犯了“少不看《水浒》，老不读《三国》”的错误，此类书籍看得越多，眼中阴暗面就越多，心中就越恨恨不平。我的语文老师苑秀琴建议我转移阅读视线，多看中外名著，我言听计从，受益至今。

先生的“两个第一”将永载新中国的出版史，我的“两个第一”如得附骥流传，也算是乱读书带来的收获吧！哈哈！

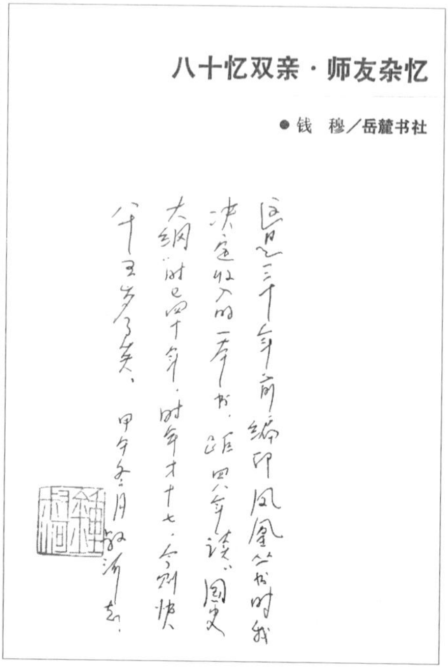

［锺题］

这是三十年前编印“凤凰丛书”时我决定收入的一本书，距四八年读《国史大纲》时已四十年，时年才十七，今则快八十五岁了矣。

甲午冬月　叔河志

岳麓书社1986年7月第1版第1次印刷，钱穆著，责任编辑丁方晓，装帧设计许康铭，字数20万，印数1800册，322页，定价1.75元。

《八十忆双亲·师友杂忆》

钱穆（一八九五——一九九〇），江苏无锡人，字宾四，历任无锡江南大学文学院院长，燕京大学、北京大学、西南联大教授，香港新亚书院创办人。他十二岁丧父，四十八岁丧母，双亲冥寿一百一十岁时，已是八十一岁高龄的他写下十二章《八十忆双亲》，向大陆子孙介绍祖德。之后，“读者多劝余继述生平，以飨并世”，于是他又写了《师友杂忆》二十篇。我们从中既可知钱穆先生的生平来历，又可了解民国时期的学术风气、士林掌故。

钱穆先生是个大孝子。母亲去世前一年，“余遂择一荒园无人居者，留家苏州奉养，余亦变姓名。闭户不出，伴母一年……然从不敢陪先母出大门一步，亲朋亦绝无往来”。此等专心报答慈母“周到之恩情”和“精神护恃”的孝举，当时几人能为？如今几人能为？

“学为人师，行为世范。”这就是钱穆先生的人格魅力、道德文章。所以，当一九二〇年秋他写信告诉顾颉刚先生说自己被中山大学聘请，顾先生回信请他为《燕京学报》撰文时，他明知顾先生主讲康有为，但还是写了“不啻特与颉刚诤议”的《刘向歆父子年谱》。“颉刚不介意，既刊余文，又特推荐余到燕京任教。此种胸怀，尤为余特所欣赏。固非专为余私人之感知遇而已。”

《国史大纲》是钱穆先生在战火纷飞中随西南联大辗转大半个中国，落户昆明岩泉寺写作的。当时生活的窘困、物资的紧缺以及内忧外患，都使他对中国命运的思考贯穿全书始末。他认为，研究中国历史的第一要务，就在于能在国家民族内部自身求得其独特精神之所在。大作一九四〇年六月由上海商务印书馆出版，即以独特的见解与细致的考证，成为当时各个大学通用的历史教材，起到了积极的弘扬民族文化作用，同时也奠定了他史学大家的地位。该书二〇一〇年入选“中华现代学术名著丛书”。

先生十七岁就开始读《国史大纲》了，如今十七岁的中学生都在为高考奋力拼搏，何来“闲暇”顾及？

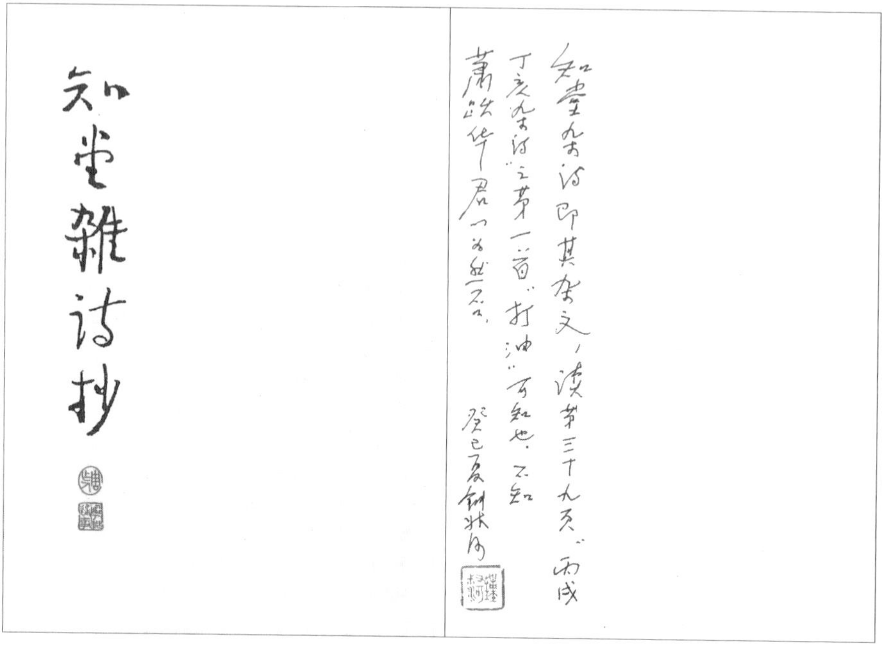

［锺题］

知堂杂诗即其杂文，读第三十九页《丙戌丁亥杂诗》之第一首《打油》可知也，不知萧跃华君以为然否。

癸巳夏　锺叔河

岳麓书社 1987 年 1 月第 1 版第 1 次印刷，周作人著，郑子瑜藏稿，责任编辑锺叔河，装帧设计胡颖，字数 8 万，印数 10000 册，139 页，定价 1.25 元。

《知堂杂诗抄》

此乃周作人晚年编定诗集，共计两百五十一首，大都写于南京老虎桥监狱，故又名《老虎桥杂诗》。日寇投降后，周氏以汉奸罪被捕押往南京，判处有期徒刑十四年，后改判为十年，李宗仁代理中华民国总统时下令释放政治犯出狱。周氏于一九五八至一九六三年间，应邀将诗稿抄誊分批寄给新加坡学者郑子瑜先生，托他设法海外出版，由于机缘不曾成熟，未果。一九八六年夏，郑先生郑重将诗稿交付岳麓书社印行，真可谓重然诺，全始终者矣。

周氏一九三四年春作《偶作牛山体》："前世出家今在家，不将袍子换袈裟。街头终日听谈鬼，窗下通年学画蛇。老去无端玩骨董，闲来随分种胡麻。旁人若问其中意，请到寒斋吃苦茶。""半是儒家半释家，光头更不着袈裟。中年意趣窗前草，外道生涯洞里蛇。徒羡低头咬大蒜，未妨拍桌拾芝麻。谈狐说鬼寻常事，只欠工夫吃讲茶。"并抄录给林语堂先生。林先生加了个《知堂五十自寿诗》标题发表在《人间世》上，刘半农、钱玄同、胡适、蔡元培等先生纷纷寄来和诗。周氏之后的这些诗与普通开玩笑的游戏之作不同，所以他改叫它作杂诗。这种诗的特色是杂，文字杂，思想杂。它不是旧体诗而略有字数韵脚的拘束，亦非白话诗而仍有随意说话的自由，"实在是所谓'三脚猫'"，这样就仿佛是自成一家了。

题跋所说的《打油》全诗如下："昔读寒山诗，十中了一二。亦尝看语录，未能彻禅味。但喜当诗读，所重在文字。吟诗即说话，此语颇有致。偶尔写一篇，大有打油气。平生怀惧思，百一此中寄。掐臂至见血，摇头作游戏。骗尽老实人，得无多罪戾。说破太行山，亦复少风趣。且任泼苦茶，领取塾师意。"并附小跋："太行山事见赵梦白《笑赞》中。甲乙争太行山，甲读泰杭，乙读大行，就塾师取决焉，塾师左袒读大行者，甲责之，塾师曰，你输一次东道不要紧，让他一世不识太行山。"此跋文白相间，不太易懂，欲找"翻译"，可看先生《天窗》开篇《太行山的笑话》，相信读者诸君能从中得到满意答案。

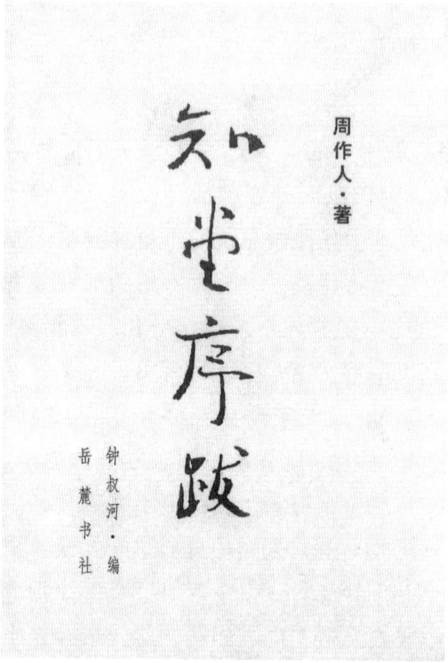

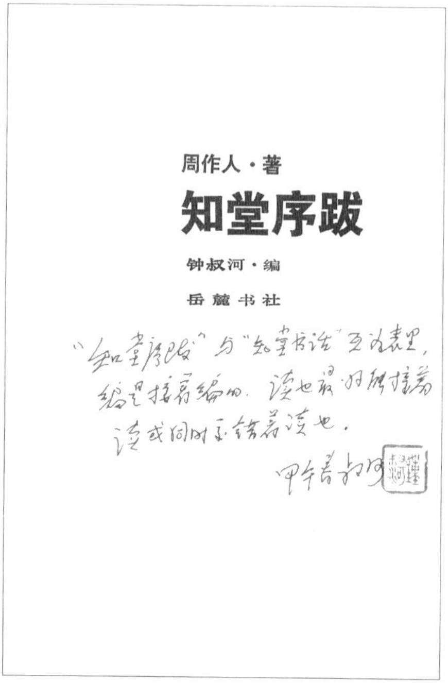

[锺题]

《知堂序跋》与《知堂书话》互为表里，编是接着编的，读也最好能接着读或同时交错着读也。

甲午春叔河

岳麓书社 1987 年 2 月第 1 版第 1 次印刷，周作人著，锺叔河编，责任编辑鄢琨，装帧设计胡颖，字数 41 万，印数 15000 册，615 页，定价 3.70 元。

《知堂序跋》

书分周氏著作序跋、周氏译作序跋、周氏为他人所作序跋、零星题记（包括少年时代的几篇记序，还有几则宣言和启事），此皆为建国以前的文字；建国以后所作的序跋，则不分著作译作、为己为人，统统编为第五辑。全书共收文两百二十三篇，妙言要道，鞭辟入里。

先生早在《知堂书话》的序言中说过："周氏的序跋文本来也属于此类，但因为是为自己或友人而写，更多感情的分子，而且数量也不少，故拟另成一集，作为书话的续编。"所以他希望我最好将二书接着或交错着读。

周氏著译向来自己作序，不曾请托于人，但他为其他著译者却作过不少序言。他深知序言是怎样不好做，而且也总不能说对或不错，即使用尽了九牛二虎之力去写一篇小小的小序有时还不太满意。但他还是喜欢做，所取方法一则从书名去生发，这就是赋得五言六韵法；二则发挥书里边或书外边的意思，也就是"言外之意""借题发挥"。

礼失而求诸野，人颓而求诸兽。周氏特别强调以动物生活为参照，重建人伦道德。人在文明发展过程中，失却了人的本性，身体似乎是洁净了些，但思想上反而有很多肮脏的污点。他不厌其烦地说讲伦理要自然不要矫情，讲道义要切实不要空谈。动物和小孩身上都有可借鉴的东西，要宽容待人，要大度能容各种思想。这与明人宋懋澄"自七岁以至今日，识见日增，人品日减"之说可谓异曲同工。

周氏嗜书，其《丙戌丁亥杂诗》云："读书五十年，如饮掺水酒。偶得陶然趣，水味还在口。终年不快意，长令吾腹负。久久亦有得，一呷识好丑。冥想架上书，累累如瓦缶。酸甜留舌本，指愿辨良否。世有好事人，叩门乞传授。舌存不可惜，对客徒搔首。"读书无捷径，唯苦读之，良久自知其味。难怪先生反复劝我多读书、读好书。

此书初版序言付梓前被临时抽去，直到海南出版社一九九七年七月重印时才与读者见面。如今编辑出版周氏著作已十分容易了，可第一个吃螃蟹是需要勇气的，难怪曾彦修先生说："锺叔河是个聪明人，有胆有识。"

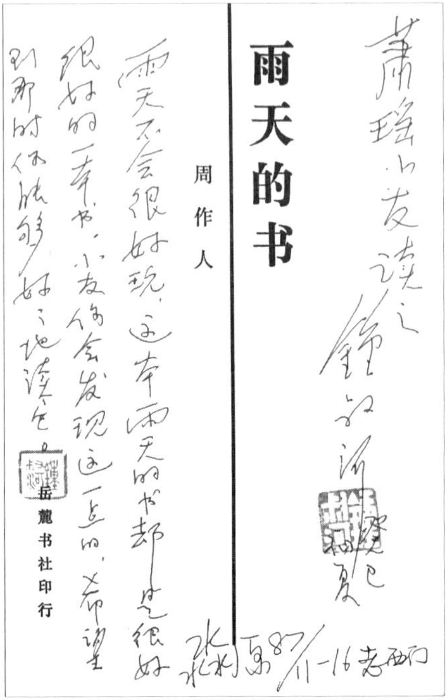

［锺题］

萧瑶小友读之

锺叔河　癸巳初夏

雨天不会很好玩，这本《雨天的书》却是很好很好的一本书，小友你会发现这一点的，希望到那时你能够好好地读它。

岳麓书社 1987 年 7 月第 1 版第 1 次印刷，周作人著，责任编辑锺叔河、鄢琨，封面设计胡颖，字数 12 万，印数 12000 册，199 页，定价 1.30 元。

《雨天的书》

该书一九二五年十二月由上海北新书局初版印行，共收文五十三篇，外自序两篇，附录一篇，再版时增入《若子的死》一篇。这次根据一九三四年八月第八版校订重印，新编了索引和文章序号。

一九二三年的冬天特别多雨，周氏想做点正经的工作，但由于心思散漫，好像是出了气的烧酒，一点味道都没有，只好随便写几行字，别无他意，聊以对付这雨天的气闷光阴罢了。英国十八世纪作家约翰·妥玛斯密著有一书，中文可译作《雨天的书》，他说的是雨天看的书，与周氏雨天所写的书不是一个路数。

周氏编校完这本小书，意外发现"我原来乃是道德家"。他竭力想摆脱这一切，如什么文学家批评家，更不必说道学家，但自己篇篇文章里边都含着道德的色彩和光芒。"我的浙东人的气质终于没有脱去。"他想混迹于绅士淑女之林，更努力学为周慎，无奈禀性难移，检阅旧作殊少敦厚温和之气。

我从上海寄给先生好几部周氏旧书，请他签名题跋，并从中挑本题赠五岁的儿子萧和。当时适王平先生在侧，先生曰："男女平等，萧瑶也得题，你帮我从中挑选两本。"

我儿女双全，但并不重男轻女，有请先生题诗为证："姑恶飞鸣绕暮烟，春宵凄寂不成眠。童心不识欢情薄，听到啼声总可怜。姑恶飞鸣绕暮烟，朱竹坨句也，此知堂《儿童杂事诗》丙之十六，抄赠萧瑶小友，癸巳初夏锺叔河。"

萧瑶六七岁时，我从荣宝斋买来册页，请周退密、马识途、何满子、吴小如、杨辛、来新夏、冯其庸、林凡、范敬宜等先生为她题写励志名言，还带她拜访过其中的多位老先生，其目的是想培养她的文化艺术素养。可能是我的方法不对头，抑或是她压根对此不感兴趣，她始终没有表现出多少热情。我不再将个人意愿强加女儿，而是任她自由健康成长，但求学人题字工作还将继续下去，这是我未来要送给女儿的心爱之物。

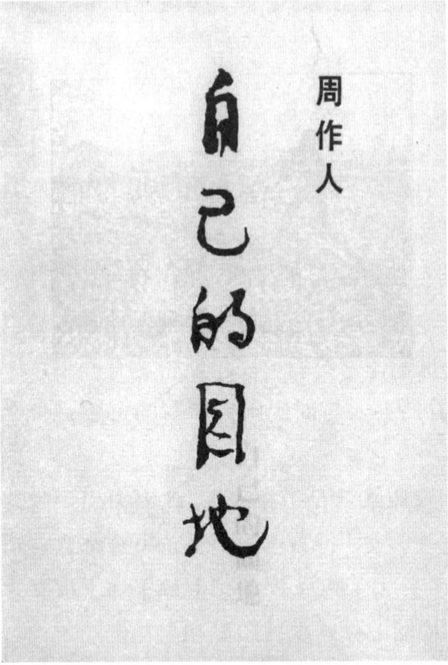

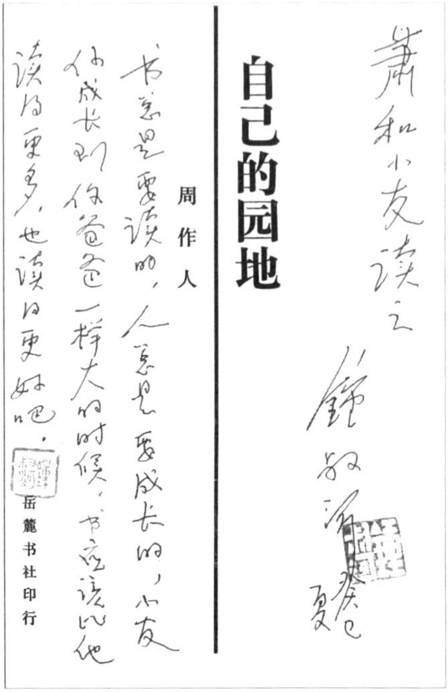

［锺题］

萧和小友读之

锺叔河　癸巳夏

书总是要读的，人总是要成长的，小友你成长到你爸爸一样大的时候，书应该比他读得更多，也读得更好吧。

岳麓书社 1987 年 7 月第 1 版第 1 次印刷，周作人著，责任编辑锺叔河、鄢琨，封面设计胡颖，字数 13 万，印数 12000 册，216 页，定价 1.40 元。

《自己的园地》

该书一九二三年九月由北京晨报社初版印行，一九二七年二月上海北新书局再版时作者重加编订增删，此版本据一九三五年十月第十七版重印，收有文字六十三篇，订正文字六十五处，依《辞海》笔顺排列了篇目序号。

周氏的园地是文艺的园地，他并非厌薄别种活动而不屑为之，大半由于缺少这样的趣味，所以不得不在这中间定一个去就。“我因寂寞，在文学上寻求慰安，夹杂读书，胡乱作文。”他并不后悔自己的选择，并不惭愧自己园地的狭小与产出的薄弱。他依了自己的心的倾向去种蔷薇地丁，也就是耕种自己的园地，这些虽与果蔬药材种类不同，而于社会却有着同样的价值。

我四十又三得子，幸福来之不易，事先报告何满子、吴小如先生，儿子降临请赐墨宝纪念。满子先生挥毫：“君子和而不同。跃华先生喜得麟儿，取名曰和，引论语句贺之。戊子金秋何满子。”小如先生派人送来横幅：“和气致祥，和平康乐。岁次戊子八月十二日，萧和小友诞生纪念。吴小如祝贺。”

萧和半岁时一天小哭两三回，家人治哭的撒手锏便是念墙上挂的周退密先生对联：“水墨云林画，松风山谷诗。”说来也怪，无论是妻子念、女儿念，还是鄙人念或保姆念，我们声音落地，萧和哭声便止，有时还破涕为笑。我想这毛头稚子可能有些许艺术细胞，所以求学者签名题跋书时，“搂草打兔子”顺便给他求一本，如今他有周退密、何满子、何兆武、吴小如、来新夏、冯其庸、邵燕祥、袁行霈、冯德英、唐浩明、葛剑雄、陈子善等先生签名题跋书二三十本了。

我给萧和念题跋内容时，刚满五岁的他显得不耐烦，眼睛紧盯着动画片《熊出没》。他还不知道这些老爷爷的分量和厉害，也不明白爷爷“读得更多”“读得更好”是什么意思。他会沿着我刻意培养他的业余爱好方向前行吗？他到我这个年龄还会为得到名家题跋书兴高采烈吗？实话实说，我不知道！

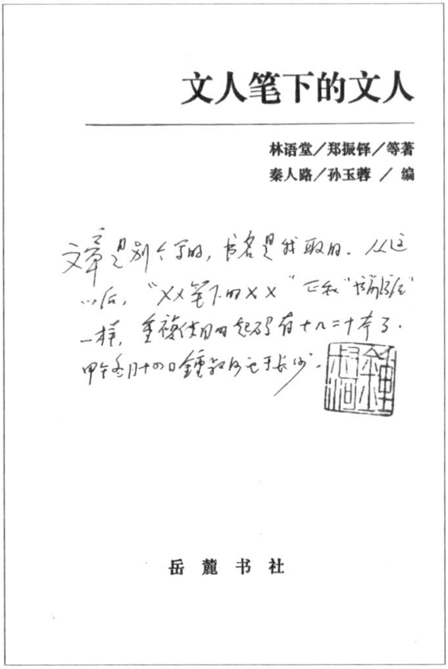

[锺题]

文章是别个写的，书名是我取的。从这以后，“××笔下的××”正和“书前书后”一样，重复使用的起码有十几二十本了。

甲午冬月十四日　锺叔河记于长沙

岳麓书社 1987 年 11 月第 1 版第 1 次印刷，林语堂、郑振铎等著，秦人路、孙玉蓉编，责任编辑鄢琨，封面设计宁成春，插图丁聪，字数 42 万，印数 1000 册，616 页，定价 3.60 元。

《文人笔下的文人》

先生主编的“凤凰丛书”专刊旧籍，不收新作。此册按鲁迅、周作人、夏丏尊、柳亚子、钱玄同、刘半农、胡适、许地山、叶圣陶、郁达夫、朱自清等五十三位被忆文人的出生年代先后排序，收入一九一九至一九四八年的回忆文章一百零三篇。这些现代作家文笔好、感情真，与被忆文人交往多、理解深。故写其人，记其事，除了剖析苦难时代给予他们的特定性格，也展示了他们情同手足的真挚友谊。

这些文人离我们今天并不遥远，但他们执着追求民主、自由、科学，执意守护道义、责任、担当，却与我们相去甚远。读着这些文字，我感到恍若隔世；抚摸这段历史，我常常浩叹不已。如刘文典拒绝蒋介石到安徽大学视察“训话”，“大学不是衙门”和“蒋介石一介武夫耳，其奈我何”，几乎已成经典。傅斯年在参政会上向行政院院长孔祥熙发难，蒋介石请他吃饭为孔说情，席间问：“你不信任我?”傅当即回答：“委员长我是信任的，至于说因为信任你也就信任你所任用的人，那么，砍掉我的脑袋也不能这样说。”这样有学问、有豪气、有血性，比常人多三分真、三分情、三分品味人生趣味和美感的文人，今天何处可寻?

如今的所谓文人大多与“文人无行”联系在一起。他们扮演着文人、学者的角色，内心是一个面目，生活中是一个面目，媒体上又是一个面目，多重人格表演自如，“学”样文章炉火纯青。这些人入戏久了竟然浑然不觉，早将“人”字抛到九霄云外。这是文人的悲哀，也是社会的悲哀。

先生这次题跋又提到“书前书后”书名被人袭用一事。我建议他忘却此事，不再重提，让来新夏先生在九泉之下得以安息。中国汉字有限，出书又多，每个书名都标新立异何其难哉，您的《念楼集》一不小心不也与道光进士刘宝楠的《念楼集》同名了吗？您就权当见到同名同姓的晚辈，亲近还来不及呢，怎能责怪他“为什么与我同名同姓?”一笑！

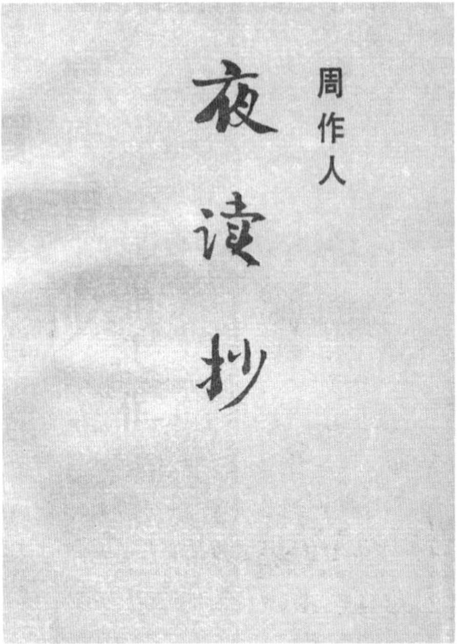

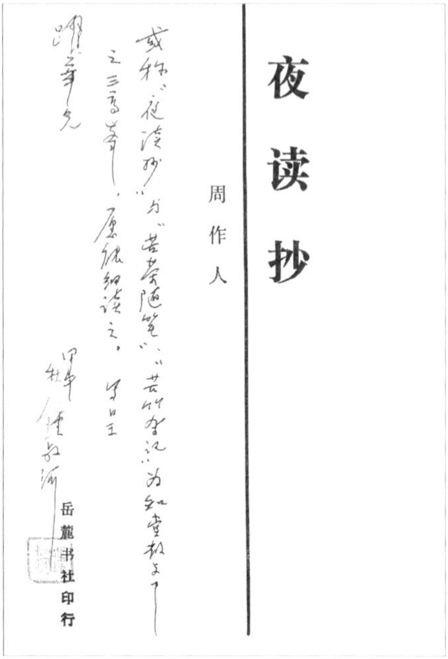

［锺题］

或称《夜读抄》与《苦茶随笔》《苦竹杂记》为知堂散文中之三高峰，愿能细读之。写呈跃华兄。

甲午秋　锺叔河

岳麓书社1988年9月第1版第1次印刷，责任编辑锺叔河、鄢琨，封面设计胡颖，字数14万，印数5200册，216页，定价1. 65元。

《夜读抄》

《夜读抄》《苦茶随笔》《苦竹杂记》由上海北新书局于一九三四年九月、一九三五年十月、一九三六年二月初版印行，分别收文三十七篇、四十九篇、四十九篇，各有小引一篇、后记一篇。岳麓书社根据初版或二版本校订重印。

实话实说，先生提醒的“知堂散文中之三高峰”我未曾细读，仅有选择性地简单翻了翻。可能是年代比较久远，文字有些晦涩，自己知识贫乏，阅读兴趣不广，我从中得到的“读书之乐”不及读先生大作，所以明知道当代能出知堂散文其右者凤毛麟角，但还是愿意翻《念楼学短》。

后来，先生又在我藏精装本《苦茶随笔·苦竹杂记·风雨谈》扉页即兴题诗：“三十年前旧印书，摩挲手迹已模糊。翻云覆雨人间事，世上灰尘孰扫除？乙未清明，锺叔河于长沙。”这首诗的后两句是否为知堂鸣不平？

“翻手为云覆手雨，纷纷轻薄何须数。君不见管鲍贫时交，此道今人弃如土。”杜甫困守长安，饱谙世态炎凉、人情反复的滋味写下《贫交行》，表达了自己对视管鲍之交如粪土的势利小人的愤懑。

杜甫逝世一千二百多年了，他所痛恨的丑恶现象“源远流长”，却在有意无意间留下“翻云覆雨”这个成语。

周恩来、朱德的入党介绍人张申府就讨厌这个成语。抗日战争胜利后，“大多数人都不关心周作人，可是我关心他。即使有一百个人去反对某一个人，那对我也不会产生什么影响，纵然这个人遇到了麻烦，我还是要欢迎他。”“过去我一直很敬重他，现在为什么就不敬重了呢？所以，我经常去看他，把他需要的书带给他。”

可惜晚景凄凉的周作人很难碰到张申府这样的知己，最后沦落到向当年论敌章士钊求助的境地。为了表示敬意，他将自己在南京老虎桥监狱写的咏叹古人的《往昔诗》三十首亲笔抄录作为献礼，“作种种妄想，窃自思惟，亦不禁悯笑也”。这颗文化界曾经耀眼的明星未能等来章士钊的救助，想必章在此时亦有心无力了吧。

我想起周作人之兄鲁迅的演讲《娜拉出走之后》。文人经济不独立，即使有脊梁骨也挺不起腰来，亦“不禁悯笑也”。

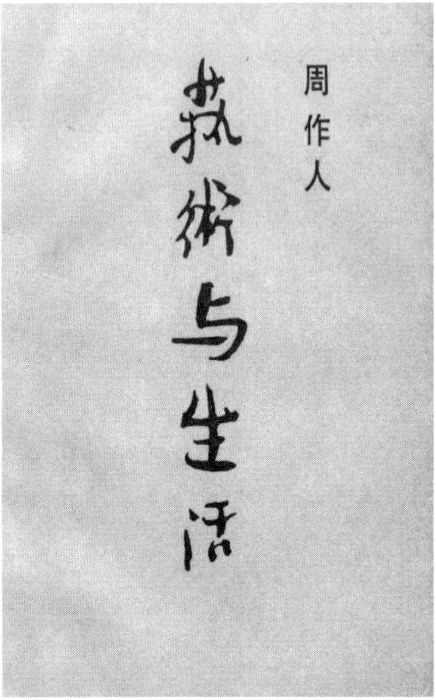

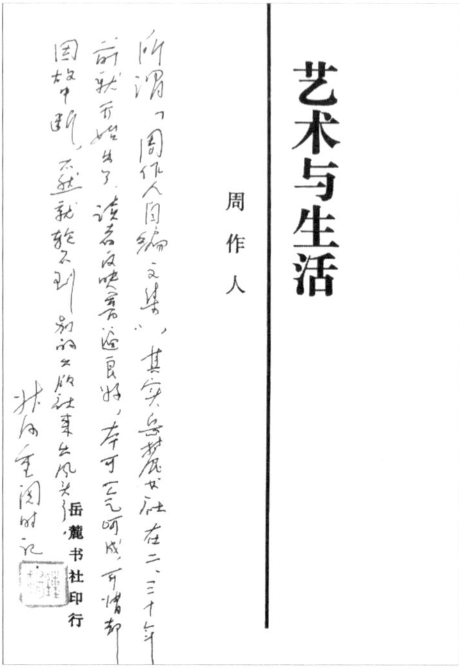

[锺题]

所谓“周作人自编文集”，其实岳麓书社在二三十年前就开始出了，读者反映普遍良好。本可一气呵成，可惜因故中断，不然就轮不到别的出版社来出风头了。

叔河重阅时记

岳麓书社 1989 年 6 月第 1 版第 1 次印刷，责任编辑锺叔河、鄢琨，封面设计胡颖，字数 17 万，印数 2600 册，264 页，定价 2.65 元。

《艺术与生活》

这是周作人一九一七到一九二六年间所作的论文集，大抵是他对于文艺与人生的一部分意见，一九三一年由上海群益书社初版印行，共收文二十一篇，序言一篇。此版根据上海中华书局一九三六年再版本校订重印，订正了五十六处文字，新编了索引，书中文章都依次编号以便读者检索。

先生题跋中所说的“因故”，是指“海选”社长。时任湖南省新闻出版局局长的李冰封先生在《回忆与断想》中有所论及。湖南出版界一九八九年元旦前后试行民选领导人改革。当时，国家新闻出版署有关领导提出，有条件的地方可以试行这一改革方案。“但，在我们这里，因为推行这项改革的大环境不具备，条件欠成熟，也来不及安排如何在社里建立监督和制约的机制，所以，这次改革试点，基本上是不成功的。”先生就是这次“不成功”改革的“牺牲品”，他从岳麓书社总编辑岗位上被“海选”下来，“一气呵成”之事就呵不成了。

周氏著作解放后最先由先生编订出版，计有《看云集》《永日集》《夜读抄》《谈龙集》《瓜豆集》等十九种，外加陈子善先生所编《知堂集外文·〈亦报〉随笔》《知堂集外文·四九年以后》两册等，他以“分类”和“编年”形式几乎出齐了周氏的散文之作。止庵先生侧重于依照和延续周氏生前愿望，以复原其作品的本来面目，编订了《周作人自编文集》三十六种、《苦雨斋译丛》十六种、《周氏兄弟合译文集》四种及《周作人译文全集》。陈子善先生和他人一起搜集整理，出版了《周作人集外文》《饭后随笔》各两大册，并约请前辈学人撰文编辑出版了《闲话周作人》。

“不然就轮不到别的出版社来出风头了”，先生还在为未能“一气呵成”生气。他不是“走自己的路，让别人无路可走”之人，他欢迎大家来做周氏著作的编订工作。他不止一次对我说：“止庵的书名取得好，我看过他的书，书名就是取得好。”

其实，先生的书名也是颇有特色的。

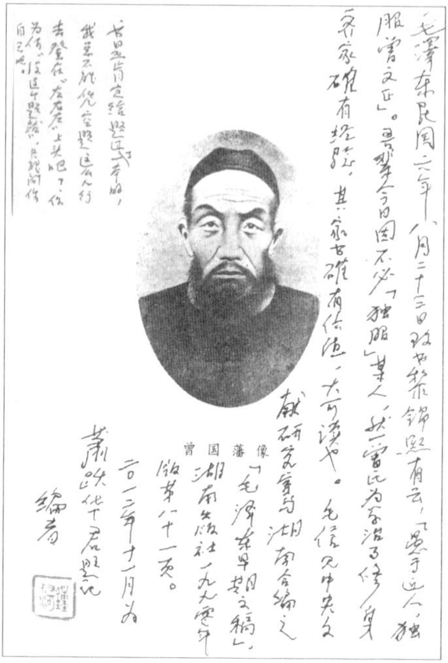

［锺题］

毛泽东民国六年八月二十三日致书黎锦熙有云，“愚于近人，独服曾文正”。吾辈今日固不必“独服”某人，然曾氏为学治事修身齐家确有经验，其家书确有价值，大可读也。毛信见中央文献研究室与湖南合编之《毛泽东早期文稿》，湖南出版社一九九〇年版第八十一页。

二〇一二年十一月为萧跃华君题记

编者

湖南大学出版社 1989 年 12 月第 1 版，1996 年 9 月第 4 次印刷，锺叔河整理校点，责任编辑李全华，封面设计一心，字数 43.1 万，印数 52000 册，580 页，定价（精装）24.00 元。

《曾国藩家书》

先生率先推出《曾国藩家书》，“是为了给等不及全集出齐和买不起全集的读者，提供一个比较精简的本子”。他料到会有反对声浪，没有被萧乾先生“狠狠地给他泼过一阵冷水”所吓退，果然《湖南日报》刊发长文《如此家书有何益?》，还有人向湖南省委告状明确反对出汉奸刽子手的书。先生要社里的同志沉住气，不必和他们去争论，这种争论一开展起来就会没完没了。只要在国际上，至少在全国范围内造成正面影响，只要大家觉得这个书出得好，反对的声音自然就压下去了。

很快，内地和港、台地区报纸发表书评，都说出曾国藩的书是大好事。《北美日报》刊发社论《还历史以本来面目——评中国重新出版〈曾国藩全集〉》：“湖南岳麓书社经过长期争议，终于冲破种种阻力，出版了一向为马克思主义正统视为‘镇压太平天国革命的刽子手’，也是农民起义军的死对头的曾国藩的两卷著作……其重要性完全可以和中国发射一枚新的导弹或卫星相比拟。”曾氏第一次以正面形象出现在大陆读者面前。

“勇气我并不缺乏，我并不太怕惹祸，一个人如果不能完全按照自己的想法做成一两件事，生活那就太没有价值了。”萧乾先生非常认同先生的看法，所以他在《湖南出版四骑士》一文中说：“在表彰这位岳麓山人的才智学识时，还不要忘记他的果敢。胆小鬼永远难成气候，世界就是靠有胆识者的推动而前进的。”

这个题跋左上角附有先生写的纸条：“书是肯定给题过了一本的，我总不能凭空题这么几行去登在《左右左》上头吧？你为何‘没这个题跋’，只能问你自己吧。”

先生心细如发，赠书都造册登记，他说的大概不会有错，可他早先给我题跋的这本书跑到哪里去了呢？

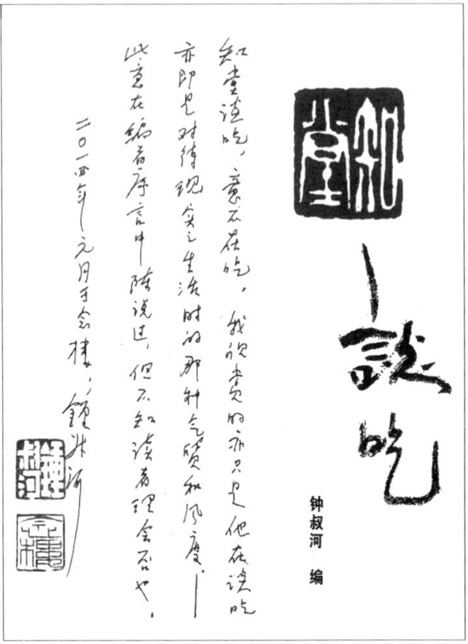

［锺题］

知堂谈吃，意不在吃，我欣赏的亦只是他在谈吃（亦即是对待现实之生活）时的那种气质和风度——此意在编者序言中陈说过，但不知读者理会否也。

二〇一四年元月于念楼　锺叔河

中国商业出版社 1990 年 12 月第 1 版第 1 次印刷，锺叔河编，责任编辑卫建平、任力群，封面设计梅生，字数 14.7 万，印数 5000 册，270 页，定价 3.90 元。

《知堂谈吃》

本书三分之二的文章从周氏《饭后随笔》专栏中选录，共计随笔九十四篇，诗二十二首，多是未结集和流传不广的作品，值得爱读文章的人珍重。周氏不是讲究吃喝之人，却痴迷于谈吃，而且谈得津津有味，此种风度和气质非文章高手莫能为。那些领略过周氏散文风格的读者，把此一卷，更能深入周氏的心灵世界，了解他对饮食文化的精辟见解。

俗话说："人是铁，饭是钢，一顿不吃饿得慌。"吃是人生的第一大事，比写文章重要得多，有时"天地良心"还得暂时做出让步。北平沦陷后，张中行先生为了家人能够活下去，填了汪伪北平市党部委员登记表，为的是每月领回一袋洋面。他说这是"民活主义，只要活就可以，道德次之"（《张中行别传》，第五十五页，人民文学出版社二〇〇九年一月版，下同）。"启功回忆录里也曾讲到日伪时期自己的无奈，竟到伪北平政府里谋了职位，也是为了活命的。"如果他们像陶渊明一样家中有几石甚至几十石米，谁愿奴颜折腰事日伪、背汉奸骂名？日本侵略者占领北平前，党国军政要员早已逃之夭夭，要求手无寸铁、无处可寄的平民百姓"不食周粟"，这个道德标准似乎有点太高，我这并不是为他们开脱责任。

周氏"对待现实之生活时的那种气质和风度"，从《苦茶庵打油诗·补遗之三》中可见一斑："红日当窗近午时，肚中虚实自家知。人生一饱原难事，况有茵陈酒满卮。苦水道兄以小诗二首代柬招饮，依韵奉和。廿七年一月廿六日。"

民国廿七年一月廿六日即一九三八年一月二十六日，此距"卢沟桥事变"仅半年时间。"苦水"者，顾随（一八九七——一九六〇）先生是也。顾氏毕业于北京大学，在苦雨斋里执弟子之礼。他此时任教于北平教会大学辅仁大学，年关将近，祖国山河沦陷，古城北平不平，他以诗代柬邀请恩师、同仁小聚，也算是苦中作乐、乱中取静吧。然顾氏全集中未见招饮诗作，或已亡逸。

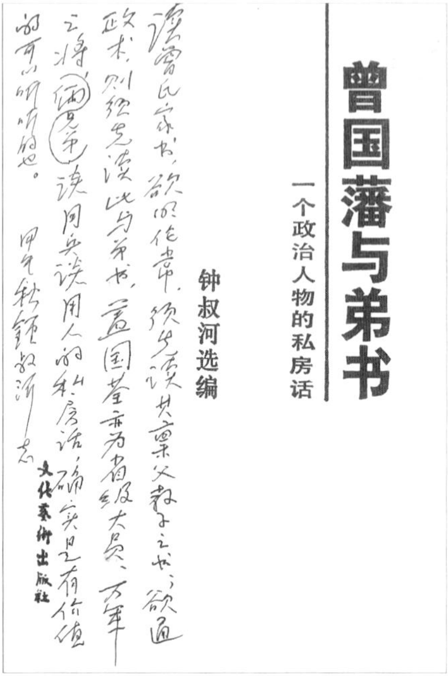

［锺题］

读曾氏家书，欲明伦常，须先读其禀父教子之书；欲通政术，则须先读此与弟书。盖国荃亦为省级大员、万军之将，兄弟俩谈用兵谈用人的私房话，确实是有价值的可以听听的也。

甲午秋锺叔河志

文化艺术出版社 1990 年 12 月第 1 版，1991 年 1 月第 1 次印刷，锺叔河选编，责任编辑李世耀，装帧设计欧阳强，字数 27.1 万，印数 15000 册，414 页，定价 6.00 元。

《曾国藩与弟书——一个政治人物的私房话》

如果说看《曾国藩日记》，经常会有“饭周华甫处，言不由衷”“辰正出门拜何子敬，语不诚”“丁诵生来，应酬语太多”“何丹溪来，久谈，语多不诚”等字眼跳出，而读《曾国藩与弟书》，则就是哥哥最充分、最坦白、最没有保留地同弟弟进行私下交流，先生将此书副题命名为“一个政治人物的私房话”可谓名副其实。

“常棣之华，鄂不韡韡。凡今之人，莫如兄弟。”当湘军主帅曾国藩在江西湖口惨败，处境十分险恶之际，九弟曾国荃紧急募勇驰援兄长。从此，“吉字营”扎硬寨、打死仗，一路围吉安、克安庆，所向披靡，夺得攻入太平天国首都天京头功。可曾国荃因谎报洪秀全之子洪天贵已死，天京府库空空受到朝廷猜忌，内心十分苦闷。同治三年七月廿九日，曾国藩致信九弟，推心置腹：“兄之门面，亦赖弟成全。”“从古有大勋劳者，不过本身得一爵耳！弟则本身既挣一爵，又赠送阿兄一爵。弟之赠送此礼，人或忽而不察，弟或谦而不居，而余深知之，顷已详告妻子知之，将来必遍告家人宗族知之。”

曾氏家书既是安慰亦是真言。他为有这样的弟弟高兴，也为弟弟“中怀抑郁”担心。同治三年八月初五日又致信九弟，阐述立德最难而亦最空，而你“业已卓然不朽……不若就现有之功，而加之以读书养气，小心大度，以求德亦日进，言亦日醇。譬如筑室，弟之立功已有绝大基地、绝好结构，以后但加装修工夫，何必汲汲皇皇，茫若无主乎？”

曾国荃告病开缺回籍，曾氏认为“功成身退，越快越好”“闭户三年，再行出膺艰巨”。当朝廷催其出山，他提醒九弟“不如假满即出之，最为体面也”。以后他就如何用人才、戒傲惰等问题不断给九弟写信，和风细雨，润物无声。曾国荃能建此功勋，并在巡抚和总督任上有所作为，离不开年长十三岁的兄长的教育培养。这是国共两党许多高级将领十分看重“与弟书”的主要原因。

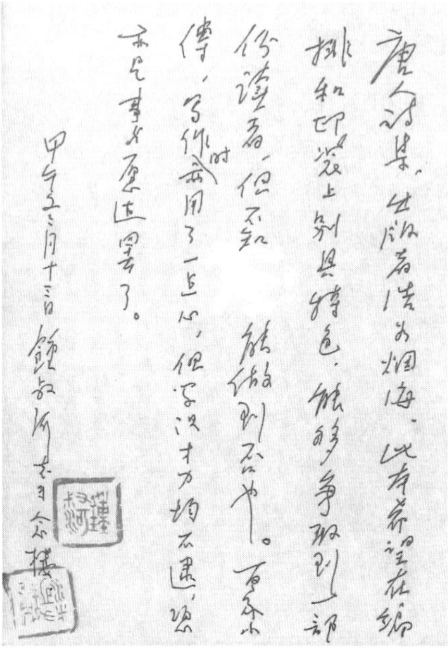

[锺题]

唐人诗集，出版者浩如烟海，此本希望在编排和印装上别具特色，能够争取到一部份（分）读者，但不知能做到否也。百家小传，写作时亦用了一点心，但学识才力均不逮，恐亦是事与愿违罢了。

甲午冬月十三日　锺叔河志于念楼

海南出版社 1992 年 8 月第 1 版第 1 次印刷，责任编辑苏斌、王朴，装帧设计熊玉心，字数 17. 1 万，印数 10000 册，318 页，定价 4. 10 元。

《唐诗百家全集·初唐四杰》

先生当岳麓书社总编辑时倡导“让读者花最少的钱，读最好的书”，这一良好愿望退居林下都没有改变。这不，海南出版社邀请锺先生主编丛书，他首先想到的是“人人袖珍文库”，所收的都是古今中外名作，尤其注重那些体现民主与科学精神，有利于人类进步事业，能调和现代审美观念的著作。书印袖珍本，携带方便，坐卧可读，信手拈来，怡然自得。

这百位杰出诗人仅占《全唐诗》作者的百分之三，诗却占其百分之五十以上，囊括了唐诗绝大部分佳作名篇，读唐诗者拥有此编无须他求矣。

先生十分欣赏古人诗话，有情思，有意境，而且还写得很短，确实是优美的散文。他第二次发病住院，医生和家人都严令不得读硬性书，只有旧诗词例外。他看《全唐诗》时，决定选出一百位诗人来，于是顺手在案头写下百家小传。虽然他自谦“当然无法妄比古人”，但窃以为“直追前贤”似不为过。现摘抄一则供读者评判：

王之涣（六八八—七四二），绛郡（今山西新绛）人。从现存的诗来看，王之涣只能算名家，不能算大家，因为他一共只留下七首诗。但是这七首诗却首首都是佳作，任何选本都不能不选，而且总是舍不得把已经少而又少的诗再加“精简”，所以他反而“占尽了便宜”（钱锺书《宋诗选注·序》里说：“在一切诗选里，老是小家占便宜，那些总共不过保存几首的小家尤其占尽了便宜。”）。三百家也好，三十家也好，都不能不把他算上一家，谁敢抹杀“欲穷千里目，更上一层楼”和“春风不度玉门关”呢？

小传跳出辞典老套路，专论诗人特性，没有相当的才、学、识作铺垫，百名诗人如何区别对待？所谓“小家占便宜”之说告诉我们，讲话并非越长越好，文集并非越多越好。乾隆皇帝一生写了上万首诗，如今几人知晓？

《唐诗百家全集》初版，实现了先生“能够争取到一部份（分）读者”的目标，该丛书列入岳麓书社二〇一六年重印计划就是铁证。

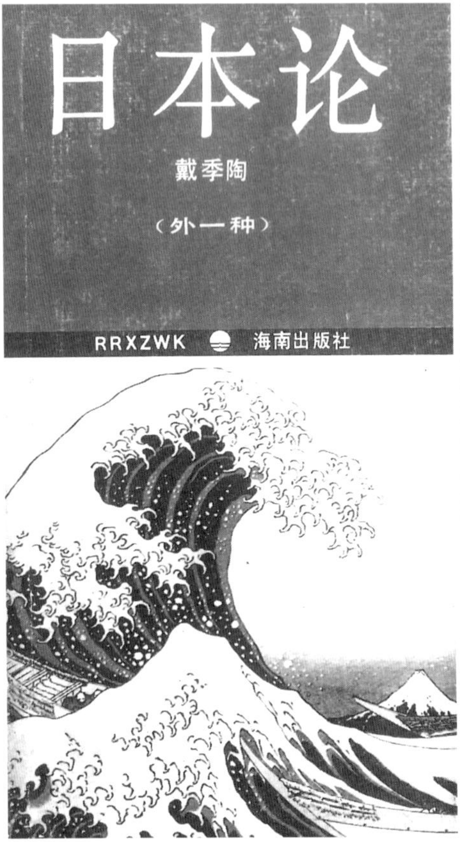

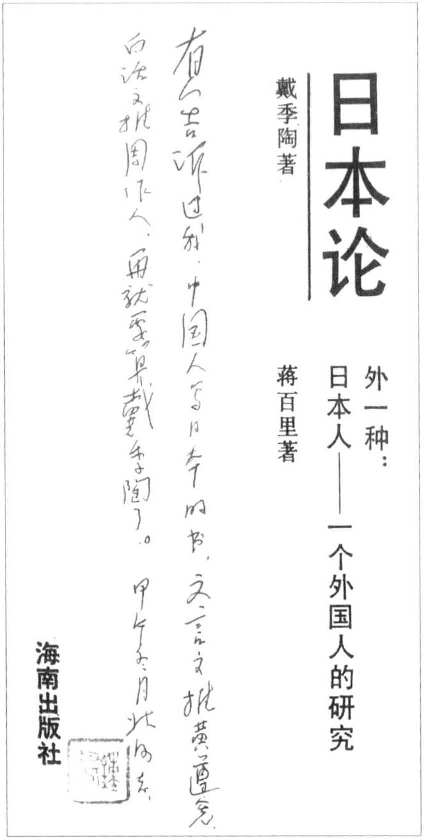

［锺题］

有人告诉过我，中国人写日本的书，文言文推黄遵宪，白话文推周作人，再就要算戴季陶了。

甲午冬月叔河志

海南出版社 1994 年 8 月第 1 版，1996 年 8 月第 2 次印刷，戴季陶著，责任编辑王朴，封面设计戈巴，字数 13.2 万，印数 9000 册，228 页，定价 5.50 元。

《日本论》

先生因辑注黄遵宪《日本杂事诗广注》，熟读《日本国志》，成为“日本通”，被聘为中日关系史学会理事，接触了更多研究中日关系史的前辈学者，知道中国研究日本真有心得有见解的，至今无人能出周作人和戴季陶其右。周氏关于日本的文章很多，先生编的十卷本《周作人文类编》第七卷全是。而戴氏著名的就是这部《日本论》。

戴季陶（一八九一——一九四九），浙江湖州人，国民党元老，历任黄埔军校政治部主任、国民党中央宣传部部长、考试院院长等职，素有蒋介石“国师”之称。这个被宫崎寅藏和萱野长知评价为“他的日本话要比我们还说得好”的人，凭着对日本文化入木三分的了解和通透的见识，删繁就简，直取日本文化神韵。所以国民党元老胡汉民在序言中大胆地说：“我敢说季陶批评日本人要比日本人自己批评还好。”戴氏做了日本人的律师，同时又做了他们的审判官，而且极为公平正直，不为势力压迫左右。说日本是信神的民族，不含一点鄙视的态度；说日本是好美的民族，也并没有过分的恭维。这种科学的批判的精神，尤其值得当今对日本不屑一顾的人反思。

我藏有戴氏对联：“坐立欢门富镜丰衍，生长嘉国通利明光。”一个能写出这么优美文字的人，大陆解放前夕怎么想到了自杀？

该书附录《日本人——一个外国人的研究》，作者蒋百里（一八八二——一九三八），历任保定陆军军官学校校长、陆军大学代理校长。他病逝后，黄炎培撰联：“天生兵学家，亦是天生文学家。嗟君历尽尘海风波，其才略至战时始显；一个中国人，来写一篇日本人。留此最后结晶文字，有光芒使敌胆为寒。”邵力子撰联：“合万语为一言，信中国必有办法；打败仗也还可，对日本切勿言和。”可见其作尚有些许影响。

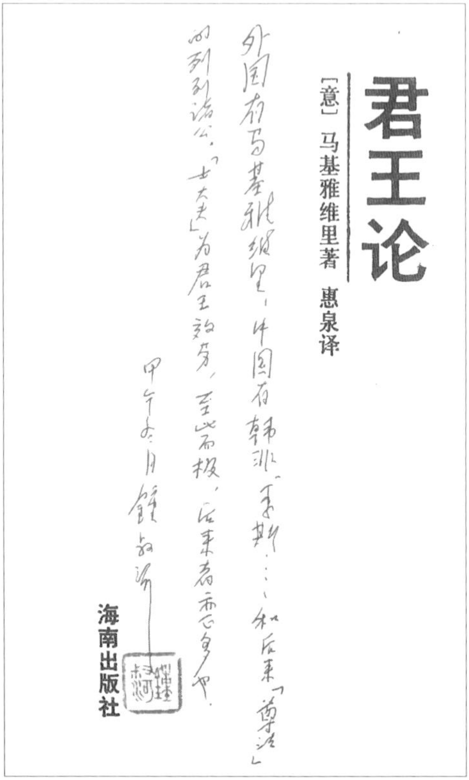

[锺题]

外国有马基雅维里，中国有韩非、李斯……和后来“尊法”的列列诸公。“士大夫”为君王效劳，至此而极，后来者亦正多也。

甲午冬月　锺叔河

海南出版社 1994 年 8 月第 1 版，1996 年 5 月第 2 次印刷，[意] 马基雅维里著，惠泉译，责任编辑苏斌、王朴，封面设计戈巴，字数 12 万，印数 10000 册，201 页，定价 4.90 元。

《君王论》

这本献给君王统治术的书诞生四百年来，从拿破仑到克伦威尔，从希特勒到墨索里尼，都深受此书影响，甚至把它奉为政治家的最高指南。书分二十六章，另有《编者前言》《作者小传》《尼可洛·马基雅维里写给美第奇家比哀罗的公子——伟大的洛伦佐的献词》，附录罗素《马基雅维里论》《重要人物简注》。

马基雅维里（一四六九 — 一五二七），意大利政治家，出生于佛罗伦萨。这本世界名著在政治思想史上的地位，可用哲学大师罗素的一句话来概括："文艺复兴时代虽然不曾产生出重要的理论哲学家，但它产生了一位政治哲学中最有名望的人物——尼可洛·马基雅维里。"

这个摆脱假仁假义的人，撕开政治权力的美丽面纱，将政治上的不诚实，放在心智上加以思考，毫无含糊地排斥公认道德。"一个聪明的君王，遇到如果守信就要违反自己利益，遇到束缚他守信的理由已不再存在之时，他便应该不守信。""为君的人一定要懂得如何善于利用兽法（暴力），又善于利用人法（法律）。""大多数的为君者，特别是那些新登大宝的，当他们认识到无法同时讨好这两类不同的人时，他们总是去安抚士兵，不惜予百姓以伤害。"……这些惊世骇俗的言论深得统治者的喜欢。

如今的执政者大都讲民主、讲法治、讲人权，"但马基雅维里的影子有时仍若隐若现"。先生读了这本书后知其所以然，对自己的坎坷经历"也就更加想得通了"。

译者惠泉（一九〇七 — 二〇〇二），本名王文元，浙江海宁人，毕业于北京大学、莫斯科中山大学，归国后在周恩来手下工作，一九三〇年被开除出党，中国托派代表人物。他译此著作，大概认为马基雅维里这个幽灵还不时在中国上空徘徊吧！

罗素在《马基雅维里论》中说："那里统治者如果一有罪行，便能为大众所知的话，那么那里的政治家们的行为会比较好些；在受严格的新闻检查制度控制的社会中，统治者们的行为便会差些。"

谁说不是呢？

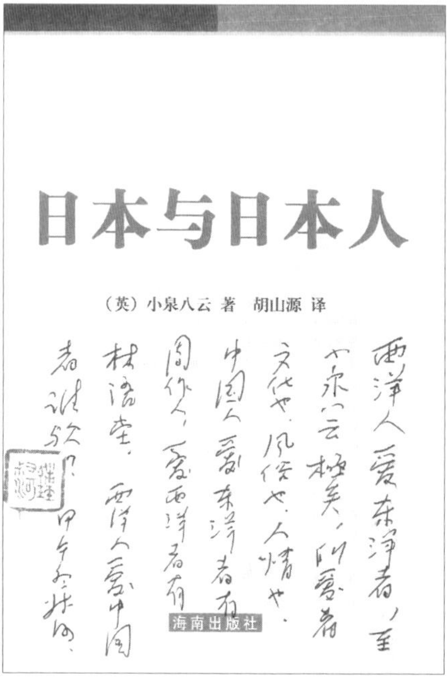

［锺题］

西洋人爱东洋者，至小泉八云极矣，所爱者文化也，风俗也，人情也。中国人爱东洋者有周作人，爱西洋者有林语堂。西洋人爱中国者谁欤？

甲午冬叔河

海南出版社 1994 年 9 月第 1 版，2002 年 6 月第 4 次印刷，小泉八云著，胡山源译，责任编辑袁大川、王朴、彭明哲，封面设计大盟文化，字数 11.94 万，无印数，269 页，定价 8.00 元。

《日本与日本人》

“这本书大都讲的是日本人内心的而非外表的生活”，由落合贞三郎从著者评论日本与日本人的著作中，选编辑录十六篇文章而成，前有锺先生“人人袖珍文库”之《缘起》《编者前言》和《译者自序》《原编者序》。

小泉八云（一八五〇 — 一九〇四），本是欧洲人，原名 Lafcadio Hearn，父亲是爱尔兰籍的军医，母亲是希腊人。他生于希腊，后到英国和法国念书。二十岁到了美国，曾当过新闻记者。四十岁才到日本东京帝国大学和早稻田大学教书，和日本人小泉节子结婚后入日本籍，从妻姓小泉，取名八云。他是文人兼学者，写过不少小说、文艺评论和介绍日本与日本文化的书，为近代西方有名的日本通。

“日本无日本学。中古之慕隋唐，举国趋于东；近世之拜欧美，举国又趋而西。”故其开步不比中国早，被迫打开国门比中国晚，但他们贪婪地吸收人类社会的文明成果，“明治维新”后很快发展成为亚洲第一强国。这个弹丸之地的岛国，人口不及中国的十分之一，陆地面积只有中国的二十五分之一，科学技术却日新月异，工业产品世界一流，世界五百强占了三分之一，日本汽车更是成为世界民众汽车主流。日本先后有二十人获得诺贝尔奖（不包括两名美籍日裔诺贝尔奖获得者），“联合国世界各国国民素质排名榜”常年稳居第一，遥遥领先中国。

我引此数据无意长日人志气，灭国人威风，但日本民族确实有值得中华民族学习借鉴的地方。这是不以我们的国恨家仇为转移的。

日本素有小希腊之称，小泉八云爱屋及乌，文中难免“有些过谀的地方”。“为什么欧洲人，只赞美他们而不赞美我们呢?”谭其骧先生二十六年前的即席讲话为我们作了诠释：“中国的落后只能怪自己……假如还要提倡儒家文化，拒绝接受他人的优秀文化，那后果是不堪设想的。‘全盘西化’是根本行不通的，同样，儒家思想文化也救不了当前的中国。”

诚哉斯言！

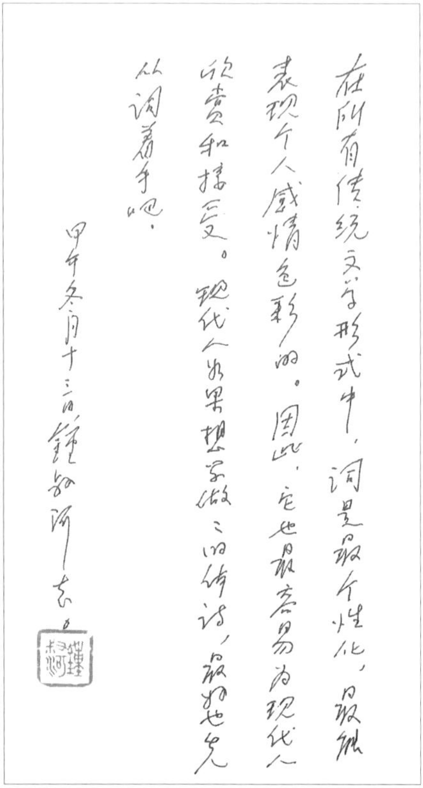

［锺题］

在所有传统文学形式中，词是最个性化，最能表现个人感情色彩的。因此，它也最容易为现代人欣赏和接受。现代人如果想学做做旧体诗，最好也先从词着手吧。

甲午冬月十三日　锺叔河志

广州出版社 1994 年 11 月第 1 版第 1 次印刷，主编锺叔河，责任编辑杨向群、赵辛予、周伟励，封面设计蒙超、梁小坚，字数 240 万，无印数，302 页，定价（豪华套装）198.00 元。

《唐宋词百家全集》

诗有唐、宋之分，历代选家鲜有将注重意趣之唐诗与注重理趣之宋诗揽入同一部诗选中者。词则不同，词作为晚近出现的文体，萌芽于唐代，成长于五代，至两宋蔚为大观，成为宋朝“一代之文学”。唐宋词血脉贯通，故历代选家并不把唐词、宋词截然分开，大多唐宋兼收，如《花庵词选》《草堂诗馀》之类。

先生沿用前贤做法，将百位名家词作汇编为十册，人数虽不及唐宋词家一千四百余人的百分之七，作品却占了现存词总数二万一千首的差不多一半，不仅佳作名篇包罗殆尽，其整个面貌和发展过程亦可一览无遗。另外，全集在编辑工作上采取了两个便于读者阅读的新做法：一是每位作家的词作按词牌归类重编，并将作家姓名和词牌在每页书眉上标出，极易检阅；二是每首词按韵脚、词意分行，分片的词并用退两格的方法使上下片明显区分，以显示它的形式美。先生在《唐宋词百家全集》的前言中说过：“读诗应是乐事而非苦事。词是言情的诗，是最真最美的诗，当然更应该如此。本书希望能使读者体会到这一点。”

我早年背过几首唐诗宋诗，略知其中韵味。唐宋词课堂上学过几首，但事后没有过多接触，对历代词人比较陌生。我采写《学者诗人——厉以宁》时，发现著名经济学家居然是填词高手。《厉以宁诗词选集》共六百六十六首（阕），词作占了十之六七。他写断代词人李煜、蒋捷、吴文英、张孝祥、张炎，写女词人李清照、薛涛、朱淑真，写词人晏殊、辛弃疾、温庭筠、秦观、柳永、姜夔、萨都剌、纳兰性德……均颇有见地。他还在名师云集的北京大学开设宋词欣赏，并告诫门人：“千万不要重理轻文，千万不要单纯和数字、公式、定理打交道。诗词写作一方面可以丰富业余生活，另一方面还有益于数理思维的发展。”

我认为当务之急不是“写”而是“读”。这个喧嚣浮躁的太平盛世，特别需要唐诗宋词来滋润！

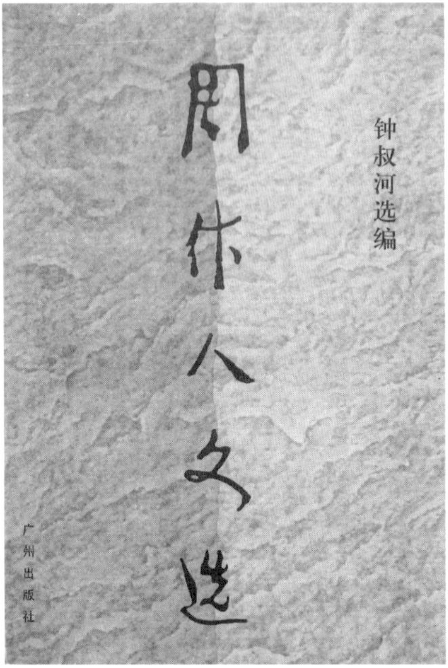

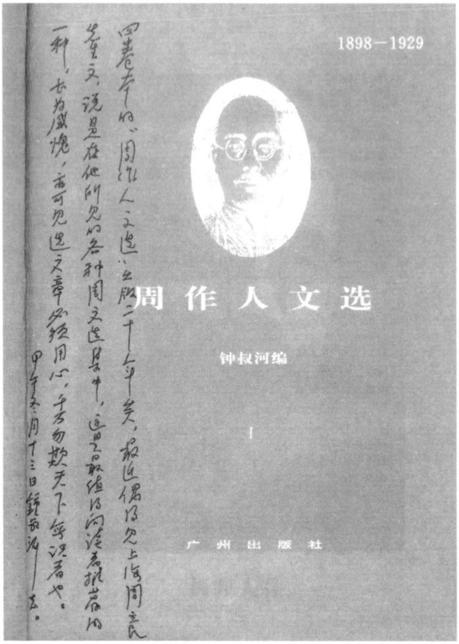

[锺题]

四卷本的《周作人文选》出版二十年矣。最近偶得见上海周立民先生文，说是在他所见的各种周文选集中，这是最值得向读者推荐的一种，大为感愧。亦可见选文章必须用心，千万勿欺天下无识者也。

甲午冬月十三日　锺叔河志

广州出版社 1995 年 12 月第 1 版，1996 年 3 月第 1 次印刷，锺叔河编，责任编辑黎小江、杨向群、廖红霞，装帧设计宁成春，字数 160 万，印数5000套，2443 页，定价（全四卷）118.80 元。

《周作人文选》

这是先生出版较早的周氏散文选本，书分“1898—1929”“1930—1936”“1937—1944”“1945—1966”四卷，收文七百零六篇，约占周氏作文篇数的四分之一。之后他还选编了香港明报出版社一九九八年版的《周作人美文选》、湖南文艺出版社一九九八年版的《周作人文类编》（十卷），以及广西师范大学出版社二〇〇九年版的《周作人散文全集》（十五卷）。

周氏门人张中行先生在序言中，从内容（思想、知识、见识）和表达（口头笔头一致、用语平实自然、法度行云流水）层面谈了对师辈散文“究竟好在哪里”的看法。最后说：“锺叔河先生多年来搜集、整理、研究周氏著作，在全编的基础上先出版容量较大的选本，可以推想，或说担保，必是精审可读的。”他的“担保”很快得到了周立民先生的“背书”（见二〇〇九年九月《印象阅读》的《且到寒斋吃苦茶》）：

> 我至今还向读周作人文章的人推荐这个版本，除非做研究，否则无论篇幅、容量，还是精美的程度，这个本子都很典范，也足够用。遗憾的是这套书的装帧太烂了，天头地角恨不得都省出来，装订和印刷的粗糙都堪称一流，真是大煞风景！我一直梦想，这套书用好纸、皮面软精装印一套，顺手翻翻该是多么惬意啊！

周立民先生的“梦想”甚合我意，可惜他是巴金纪念馆的主事，而不是出版社的社长或总编辑，所以他只能做做读书人的“黄粱美梦”了。

“共产党人最怕‘认真’二字。”这是毛泽东针对许多“不认真”的共产党人说的。其实“认真”不仅是政党的成事之基，也是个人的立身之本。先生凡事认真和用心，所以他选编出来的书读者喜爱，既富了读者的脑袋，也富了自己的口袋（《周作人散文全集》版税二三十万），洵称两美兼具。

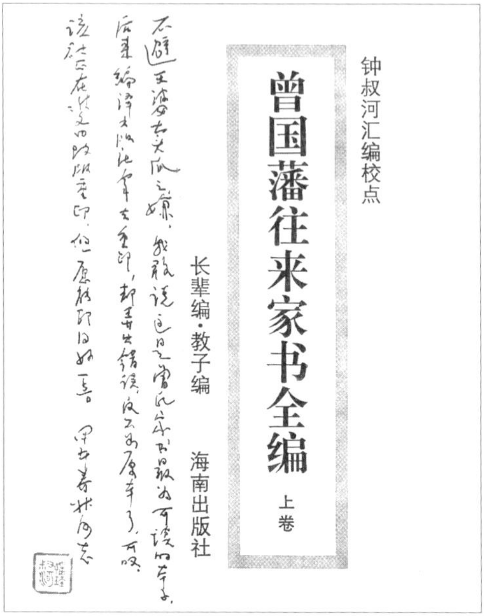

［锺题］

不避王婆卖瓜之嫌，我敢说这是曾氏家书最为可读的本子。后来编译出版社拿去重印，却弄出错误，反不如原本了，可叹。该社正在准备改版重印，但愿能印得好一点。

甲午春叔河志

海南出版社 1997 年 8 月第 1 版第 1 次印刷，责任编辑李升召，封面画萧沛苍，书籍设计郭天明，字数 125.5 万，印数 5800 套，1807 页，定价（上、中、下）三卷共 88.00 元。

《曾国藩往来家书全编》

我淘这套书前打电话征求先生的意见："是买'海南本'还是'编译本'?"他毫不犹豫地回答："海南本。"

海南出版社一九九七年八月版的《曾国藩往来家书》，是先生用心编订的书，原样照印便是了。可中央编译出版社却将书名擅改为《锺叔河评点曾国藩家书》，其实先生只作了内容提要，并没有作什么评点。他们还要搞什么"大字典藏本"，都是在先生不知情的情况下搞的，后来才对他承认了错误。先生说："既然你们没标出'往来'，那就干脆不收来书，再印一版名实相符的《全本曾国藩家书》（因为所收较任何别本为多，故可称全本）吧，只是务必去掉'锺叔河评点'五字，以免大言欺人，书也希望能印得好一点。"

《曾文正公家书》自光绪五年（一八七九年）出版，百余年来人们只读过曾氏写给父母、兄弟、儿子的信，没有读过曾氏的父亲、兄弟、儿子写给他的信。这就如同只读鲁迅写给许广平的信，而不能同时读到许广平给鲁迅的来信一样，难免给读者的阅读兴趣打上折扣。

先生早就对"有去无来"的曾氏家书不够满意，他认为鲁迅发表的"两地书"也就是"往来家书"，是刊行曾氏家书最妙的方式。他一九九二年离休后，应海南出版社之请开始做这项工作，费时五年编出了这部前无古人的"最为可读的本子"。

《曾国藩往来家书全编》收入曾氏"与长辈书""与二子书""与诸弟书"一千五百二十件，"长辈来信""二子来信""诸弟来信"五百九十九件，是"两地书"而非"一地书"，是"有往有来"而非"有往无来"。这一往一来都能读到，读者接受的是双向交流信息，过去觉得不太好懂的地方如今一看就明白了。

中央编译出版社拿到了"往来家书"这个好选题，却"买椟还珠"，真是憾事，真盼望有人能够来弥补才好。

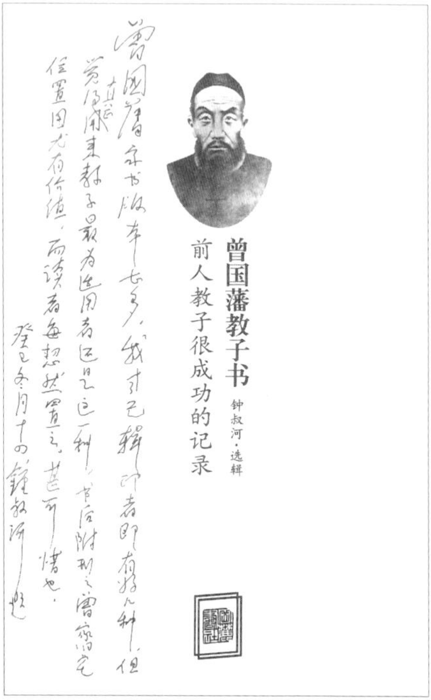

[锺题]

曾国藩家书版本甚多，我自己辑印者即有好几种，但觉得真正用来教子最为适用者还是这一种，书后附刊之曾家旧宅位置图尤有价值，而读者每忽然置之，甚可惜也。

癸巳冬月十四　锺叔河题

岳麓书社 2002 年 3 月第 1 版，2002 年 11 月第 2 次印刷，锺叔河选辑，责任编辑丁双平，封面设计胡颖，字数 12.5 万，印数 13000 册，235 页，定价 13.80 元。

《曾国藩教子书——前人教子很成功的记录》

“中兴名将”曾国藩权绾四省，位列三公，拜相封侯，谥称“文正”，其教子与治家的理念和实践早有公论。他留下的家书，不仅影响了曾家几代人，新旧时代的读书人亦几乎人手一册，甚至深得国共两党领导人的赏识。毛泽东年轻时候说：“愚于近人，独服曾文正。”蒋介石亦曾要儿子读曾氏家书，称曾氏道德文章“盖已足为吾人之师资矣”。

湘乡曾氏不管天下风云变幻，几番改朝换代，其严谨家风始终不坠，历代均有建树。儿辈曾纪泽诗文书画俱佳，自学精通英语，成为清末著名外交家；曾纪鸿不幸英年早逝，然古算术研究已卓成大家。孙辈曾广钧二十三岁中进士，乃翰林中最年少；曾广珊培养出国民党国防部部长俞大维等有用之才。曾孙辈多为学人，曾宝荪创办长沙艺芳女校，历任国大代表、台湾大学校长；曾宝菡获得医学博士学位，曾任广济医学院儿童骨科部主任；曾约农历任湖南克强学院院长、台湾东海大学首任校长……

曾家数代人才辈出，没有一个纨绔子弟，其根本原因就在于曾国藩爱之以其道。曾国藩的教子之方集中体现在他咸丰二年（一八五二年）至同治十年（一八七一年）写给两个儿子的书信里。该书对一九八六年的初版本作了增订，悉数恢复原来删节之处，篇数由一百四十四篇增为一百五十九篇。读者浏览这些家书，曾氏教子读书、作文、做人之方一览无余。

“旧时王谢堂前燕，飞入寻常百姓家。”历史上多少达官贵人灰飞烟灭、后继乏人。“君子之泽，五世而斩”，谪仙之才，一世而亡，岂不哀哉！故锺先生称曾氏为古今中外教子成功第一人，其来有自，实不为过。

恝读 jia，二声。“而读者每恝然置之，甚可惜也。”其意是说读者对书后附刊的曾家旧宅位置图往往视而不见、漠不关心，是一件十分遗憾的事情。我就是在先生的指点下才欣赏他的劳动成果的，属“恝然置之”者之一。该打屁股！

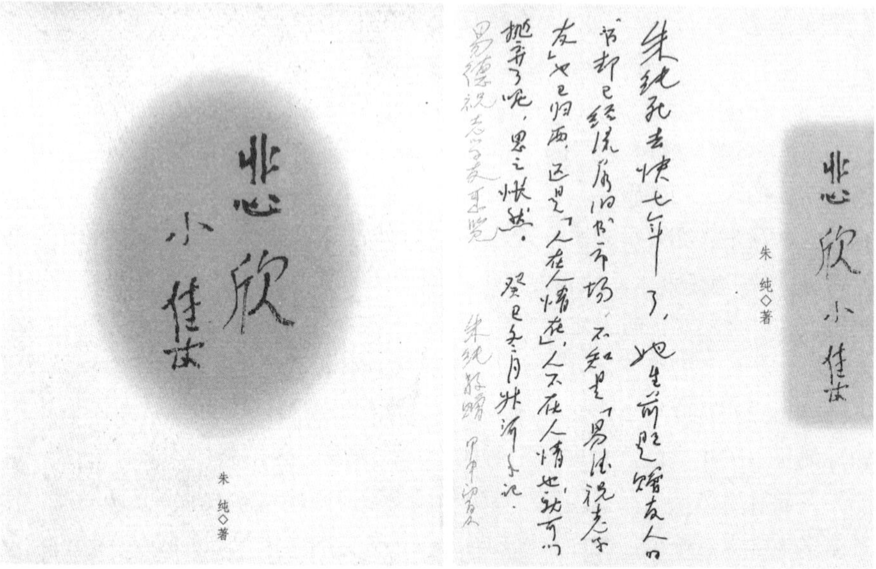

[锺题]

朱纯死去快七年了，她生前题赠友人的书却已经流落旧书市场，不知是“易德祝老学友”也已归西，还是“人在人情在”，人不在人情也就可以抛弃了呢？思之怅然。

癸巳冬月叔河手记

2003年11月自费印制，朱纯著，书名手迹集李叔同，编辑校对锺叔河，装帧设计胡颖，没标字数，小32开本，印数300册，196页，无书号定价，没上市销售，系非卖品，只赠友朋。

《悲欣小集》

我从孔夫子旧书网上发现两本《悲欣小集》后，当面报告先生："我准备重金购买，不知能不能放入《题锺题》系列？"他点头认可，询问多少钱一本。我答曰："高价！天价！"深圳鹏城书局，标价一万元，十品，页面提示："仅供欣赏，询价勿扰！"长沙旧雨书店，标价一千五百元，九品，页面提示："签赠本，编字号第二百四十四本。"先生建议我立即行动，我选择了"低价本"，马上发短信："书友，可否半价出售？"

"整数，八百元。"

"好，成交。"事后我问店主书从何来，他说从地摊上来，书的主人去世后，"不识货"的后人大多会将"不值钱"的书籍扫地出门。

朱纯原准备用"哀乐人生"这个书名，先生说别人已经用过，建议借用弘一法师李叔同的最后遗墨"悲欣交集"四字。但她觉得小册子用如此书名口气太重，便从别处移来弘一法师的一个"小"字，换去了"交"字，形成了"悲欣小集"的书名。

先生说这本书有三个遗憾。一是封面"朱纯著"三字位置太低，应该上挪一字，这样比较好看；二是封底朱纯素描像缩小了，落款"我的外婆，田恬，2003. 10"却没有相应缩小，比例失调；三是封内朱纯彩照与整本书色调不搭配，他曾力主夫人用"改正"上班时照的那张黑白照片，可她特别喜欢美国照的这张彩照，先生说服不了，明知留此遗憾只能迁就夫人。

《悲欣小集》付梓后，史鹏先生慕名求书。朱纯说三百本会编号送亲朋好友，史先生开玩笑说："那我就是三零一号了。"朱纯说"怎么会呢"，便将一六零号送给了他。

史鹏先生乃书法家史穆先生胞弟，古体诗作得不错，他收到赠书后即赋《承惠大著〈悲欣小集〉短歌报朱纯姊》："不是三零一，居然一六零。开函展书读，扑面感春温……"用诗记述了这段文字因缘。朱纯逝世后，他又有《慰叔河兄》："'头白鸳鸯失伴飞'，古今多少贺方回。更怜元九中宵眼，差幸余生两展眉。"（史亦丧偶，故云。）

先生将这两首诗剪贴在自存本《悲欣小集》上。

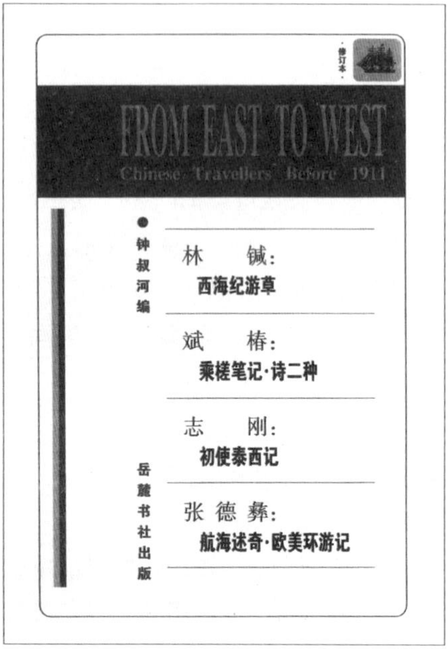

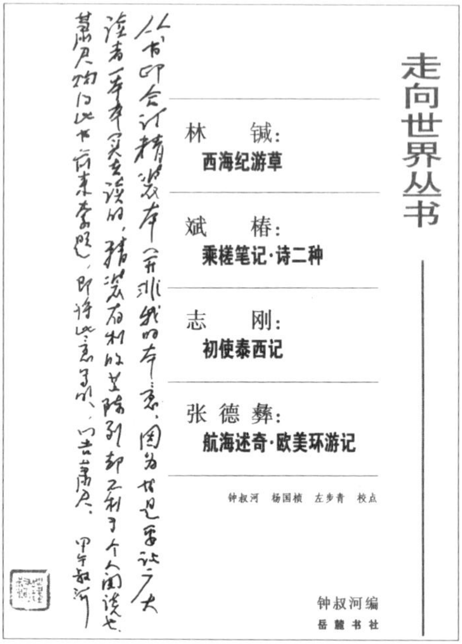

［锺题］

丛书印合订精装本并非我的本意，因为书是要让广大读者一本本买去读的，精装有利收藏陈列却不利于个人阅读也。萧君购得此书，前来索题，即将此意写明以告。

甲午 叔河

岳麓书社2008年10月第2版，2011年6月第2次印刷，编者锺叔河，责任编辑杨云辉、蒋浩、李业鹏、饶毅，封面设计胡杰、胡颖，字数650万，无印数，定价（全十册）1200.00元。合订本。

《走向世界丛书》

先生在新中国出版界一鸣惊人的是“走向世界丛书”。他的“帽子”本是湖南日报社摘掉的，但是他“改正”后却去了湖南人民出版社：“我进出版社的目的，就是为了编‘走向世界丛书’。”

当年这位四十八岁的出版界新兵，于斯文扫地之时，浏览过三百多种辛亥革命前国人亲历东西洋的游记和笔记，收藏了这方面的书籍一百多种，所以第一次编书就大家气象、卓尔不群。他浑身充满激情，追赶逝去时光，夜以继日校稿子，加旁批，做索引，写导言，忙得脚打后脑勺还不亦乐乎。丛书自一九八〇年八月印行至一九八六年二月结束，共出版三十六种，受到了学术界甚至中央高层的广泛关注，先后荣获中国图书奖、全国首届古籍整理图书丛书奖和湖南省优秀图书特别奖，成为先生出版生涯的扛鼎之作。

先生原计划出书一百种，有人却不想让他做完，经过许多曲折，十余年后才将未完成的部分转让岳麓书社。他认为：“先行者们的记述很有文献价值，比许多有文才的文人游记重要得多。”他一直希望丛书能够出齐，尤其是遇到三件事后。其一，《新京报》约请百人介绍最爱读的新书，剑桥大学博士、中国社会科学院研究员陆建德介绍的是二十年前出版的“走向世界丛书”；其二，多伦多大学教授、台湾中研院近代史研究所研究员王尔敏的长篇论文《总理衙门命使试探：斌椿之游访欧洲》，引言开头就盛赞“走向世界丛书”；其三，先生偶巡书市，忽见薛福成、张德彝诸人著作被某出版社明目张胆翻印，误排失校形成的错字也一字不易地照错。“于是，从书市回来，我就拨通了有关的电话。”

先生如愿以偿，然丛书售价却从最初单本的几元钱涨到全套一千两百元。这跟他当初“让读者花最少的钱，买最好的书”的出版理念相去甚远，也与他希望印成当年读者喜欢的小本薄本的初衷背道而驰。但他“说服”不了别人，只好自己在题跋上发发“牢骚”。

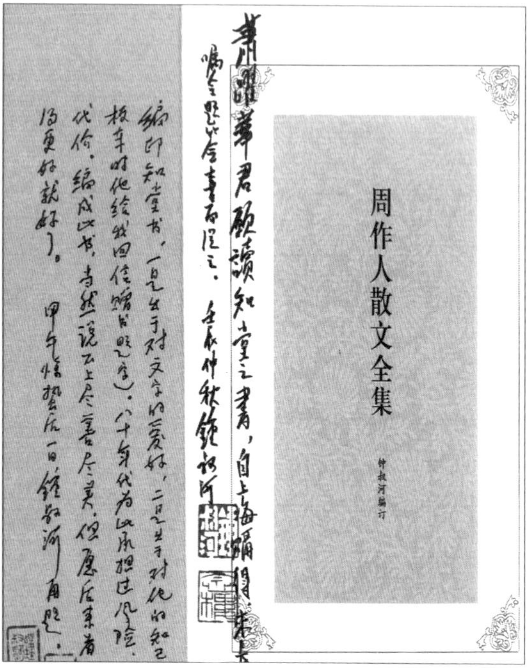

［锺题］

萧跃华君愿读知堂之书，自上海购得，来长沙嘱令题签，喜而从之。

壬辰仲秋　锺叔河

编印知堂书，一是出于对文字的爱好，二是出于对他的知己之感（拉板车时他给我回信赠书题字）。八十年代为此承担过风险，也付出了代价。编成此书，当然说不上尽善尽美，但愿后来者能够做得更好就好了。

甲午惊蛰后一日　锺叔河再题

广西师范大学出版社 2009 年 4 月第 1 版第 1 次印刷，锺叔河编订，责任编辑陈亮，书籍设计张明、刘凛，字数 623.6 万，印数 2500 套，定价（15 册）2280.00 元。

《周作人散文全集》

二〇一二年八月，我从上海书展八折购得这套新书，趁出差长沙请先生题写了第一段文字。二〇一四年三月七日，我第N次走进念楼，“软硬兼施”，再次请先生题写了后一段文字。

先生编印完新中国成立后第一部署名“周作人著”的《知堂书话》，又开始出版周氏“自编文集”单行本，并在北京的报纸刊登“重印周作人著作”广告。谁知《秉烛谈》还没印成，就有人对“人归人，文归文”尤其不以为然，质问道：“政治上不好的人，文章能好吗?”这次幸亏有讲政治又懂文学、懂周作人的胡乔木“护法”，周氏著作重刊才得以继续。但这件事的进展仍然不顺利，广告过的三十五种“自编文集”最终没能出齐。对于有心做事的人来说，被迫中途放弃是难受的，也是不甘心的。于是，先生离休后谢绝返聘，誓愿把周氏散文作品像模像样地印出来。

周氏的文章怎样来编呢？最省事的办法就是像台湾里仁书局那样影印出版。然而，周氏集外文的数量特别多，大都没有结集；其自编各集亦多排印错误，且不少重复；从报纸杂志上辑录的集外文，错字甚至更多。锺先生思来想去只有一个办法，就是把周氏已刊未刊集内集外的散文作品尽可能搜集起来，在编年的基础上编出一部完整的散文全集。

先生黄卷青灯、孜孜矻矻，编成了这部十五卷本《周作人散文全集》，可谓居功至伟。他春种之初“承担过风险，也付出了代价”，秋收时节自然有丰厚的精神和物质回报。这就应了知堂老人在《〈玉虫缘〉绪言》中所说：“欲成一事，必先纳其代价。或以劳动为代价焉，或以心力为代价焉，或以一切之苦乐荣辱及生命财产为代价焉，夫而后乃各按其所应得之数，得报酬以去。”此所谓“逸者，贫之代价也。劳者，富之代价也”。

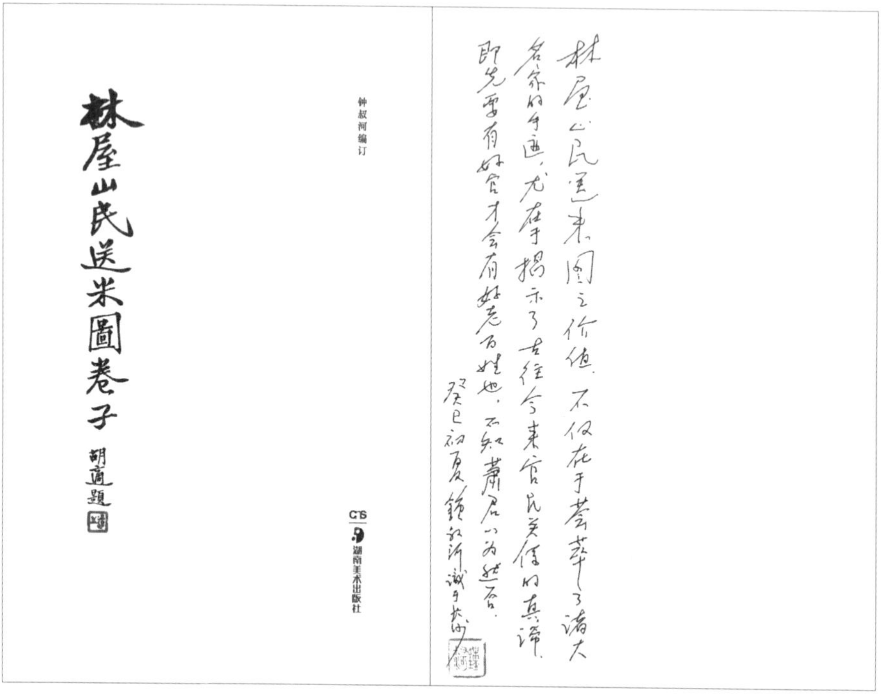

[锺题]

《林屋山民送米图卷子》之价值，不仅在于荟萃了诸大名家的手迹，尤在于揭示了古往今来官民关系的真谛，即先要有好官才会有好老百姓也，不知萧君以为然否？

癸巳初夏　锺叔河识于长沙

湖南美术出版社2011年10月第1版第1次印刷，编著锺叔河，责任编辑胡紫桂、刘海珍，装帧设计田飞、胡锦辉，没标字数，印数3000册，209页，定价98.00元。

《林屋山民送米图卷子》

清末苏州洞庭西山巡检（相当于镇长）暴方子（名式昭）“不媚上官媚庶人”，“遇催租蠲赈事一意庇民”，被上司目为“性情乖张，做事荒谬”，于光绪十六年十一月被撤职。他卸任后没钱搬家，甚至没米做饭，远近村民闻之纷纷负米担柴，馈遗不绝，“蔓延至八十余村，为户约七八千家。一月之中，共收米百四石八斗，柴约十倍于米，他若鱼肉鸡鸭糕酒果蔬之类不可计数”。这既是对暴方子的支持，也是对官府的抗议，是社情民意的一次大显示。太湖厅、苏州府、江苏省各级政府为之震惊，谓之“以致人心煽惑”，要“严密查访，从严惩办”。

这件事情很激动了当时的名流，秦散之（树敏）于光绪十七年二月绘《林屋山民送米图》并作长跋，俞樾（曲园）作篆字题额又作长歌，郑叔问、吴大澂、沈坚、易顺鼎、吴昌硕、胡适、徐悲鸿、俞阶云、俞平伯、朱光潜、游国恩、马衡、朱自清、沈从文、张东荪、陈垣、浦江清、冯友兰、黎锦熙等纷纷题诗题跋，对这个九品小吏表现出了极大的热情和关心。

该书二〇〇二年四月初版时，先生写过序言《民意与士气》，提出检验“社会是否健康，国家是否稳定”的标准，“就看民意和士气能不能伸张”。这本书印得太差，他心常耿耿。这次重新编订时，《林屋山民送米图卷子》改依题记本来的先后次序，更接近原貌，并加上了必需的注释，又新写了序言《人间要好官》，“其实我想讲的只有一句话：关于民主民权等等放言高论还请缓来，先烧高香祈求多出几个暴方子这样的好官吧。”先生自谦“卑之无甚高论”的这篇文章，刊发于二〇一一年七月的《文汇报》副刊《笔会》头条，我特意将这张报纸寄给了念楼锺寓的主人。

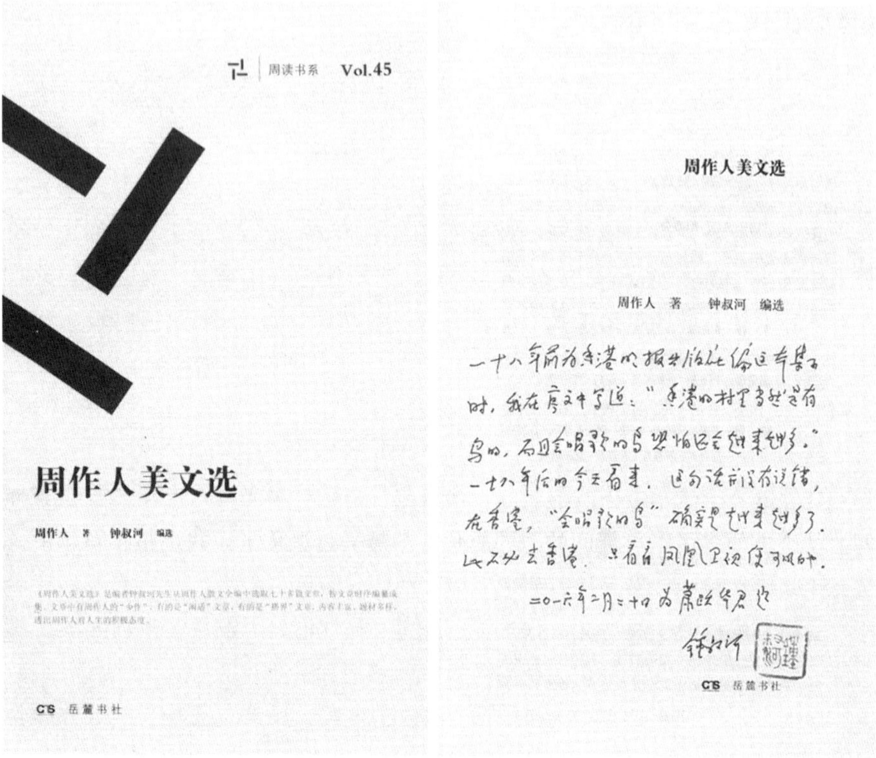

［锺题］

一十八年前为香港明报出版社编这本集子时，我在序文中写道：“香港的村里当然是有鸟的，而且会唱歌的鸟恐怕还会越来越多。”一十八年后的今天看来，这句话并没有说错，在香港，“会唱歌的鸟”确实是越来越多了。此不必去香港，只看看凤凰卫视便可明白也。

二〇一六年二月二十日为萧跃华君题　锺叔河

岳麓书社 2015 年 10 月第 1 版第 1 次印刷，锺叔河编选，责任编辑曾德明，整体设计萧睿子，无字数、印数，234 页，定价 14.00 元。

《周作人美文选》

这部十八年前选编的集子，只占周作人散文的百分之三还不到，时间跨度却从一八九八至一九六六年，所收入的七十八篇美文与周作人的写作生涯相始终。这些美文有的“普通读者也许比较生疏”，却为先生所深爱，他“觉得可以作为美文向大家推荐的”。我简单翻了翻，从阅读习惯上说确实有“生疏”之感。这可能是知识的隔膜、时代的隔膜。我不知道这些公费充实到乡村图书室（馆）去的小册子是否会成为摆设?

先生题跋中说到的凤凰卫视有限公司成立于一九九六年三月三十一日，凤凰卫视中文台同步启播。该台草创之初以“不断创新、超越自我”为节目制作目标，一度成为中文电视传媒潮流的领导者，大陆寻常百姓想收看都受到限制。如今方便多了，可新闻的“同质化”却越来越严重了，我也整年整年懒得去搜索这个台了。先生“不忘初心”，可能还在收看他们的节目，前后对比发出“‘会唱歌的鸟’确实是越来越多了”的叹息不足为怪。

周作人在《灯下读书论》中将自己的读书经验概括为两句话：“好思想写在书本上，一点儿都未实现过，坏事情在人世间全已做了，书本上记着一小部分。”这两句话不像“会唱歌的鸟”所唱，倒有点以猫头鹰自居的他哥哥鲁迅先生的味道。鲁迅先生出版杂文集《坟》时，就将自己的画作猫头鹰置于扉页。画中猫头鹰站立在方框右上角，歪着头，一眼圆睁，一眼紧闭，似乎正在凝神注视着什么。两眼之上还有两撮耸立的羽毛，最下则是两只锋利的爪子。“我有时决不想在言论界求得胜利，因为我的言论有时是枭鸣，报告着不大吉利事，我的言中，是大家会有不幸的。”

鲁迅先生不稀罕娇嫩鸟雀的那些令人怜爱、使人陶醉的鸣唱，却热烈地期待着“只要一叫而人们大抵震悚的怪鸱的真正的恶声!”

我想，这正是先生所期盼的!

第三辑

锤所题

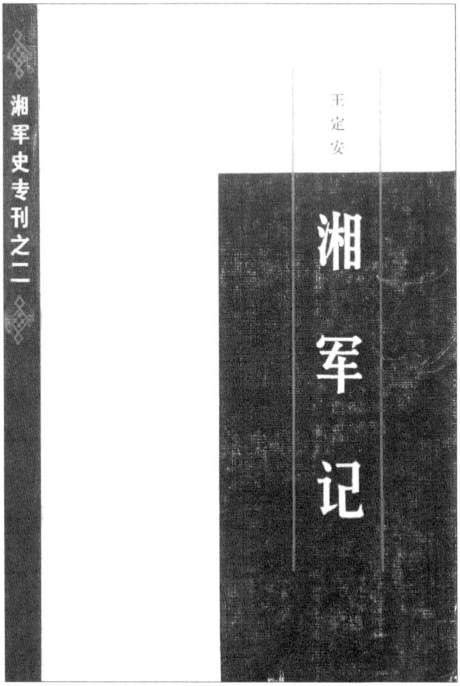

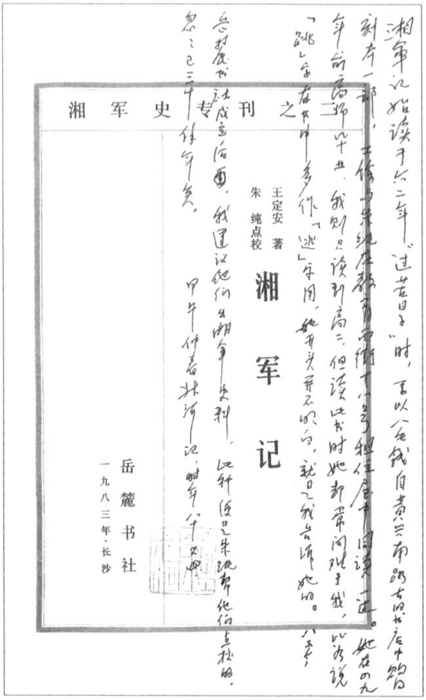

[锺题]

《湘军记》始读于六二年“过苦日子”时，系以八毛钱自黄兴南路古旧书店中购得刻本一部，工馀与朱纯在教育西街十八号租住屋中同读一过。她在四九年前高师毕业，我则只读到高二，但读此书时她却常问难于我，比如说“跳”字在书中多作“逃”字用，她开头并不明白，就是我告诉她的。八三年岳麓书社成立后，我建议他们出湘军史料，此种便是朱纯帮他们点校的，忽忽已三十馀年矣。

甲午仲春叔河记，时年八十又四

岳麓书社 1983 年 11 月第 1 版第 1 次印刷，王定安著，朱纯点校，责任编辑潘运告，装帧设计曾东藩，字数 26 万，印数 5900 册，360 页，定价 2.25 元。

《湘军记》

该书为“湘军史专刊之二”，之一为王闿运的《湘军志》、郭振墉的《湘军志平议》、朱德裳的《续湘军志》合集。

我藏有曾国藩、曾国荃的信札和王闿运的诗札，对《湘军志》和《湘军记》的成书经过略知一二。

《湘军志》一事之发起，旨在表扬湘军功烈，垂乡邦之荣誉。曾国藩以湘儒王闿运为最适合人选，将军藏文牍、军报悉以遗之，月薪供给甚厚。王氏不讳私亲，不避权要，专持公论，历时四载付刊，中兴诸将无所不讥侮，于曾国荃微词尤多。王氏从成都携刻版返湘时引起轩然大波，与之相关联的人士群起而攻之。曾国荃“几欲得此老而甘心”（冯煦《复郭振墉书》），郭嵩焘、郭崑焘兄弟对《湘军志》眉批评议竟达百数十条。究其原因，主要是王氏叙事间用直笔，另外史实记载及材料处置方面也不无可议之处。如“曾铁桶”（曾国荃）率领吉字营大军楔在天京城下，任凭五倍于己的太平军猛烈进攻和阵地瘟疫流行，坚守两年多岿然不动，抢得攻入天京头功，书中仅一笔带过，确实失之公允。

曾国荃一把火烧掉《湘军志》刻版，命湖北东湖王定安别撰《湘军记》。王定安久随曾氏兄弟南征北战，熟悉湘军战事，其所述者，非其所目睹，则其所习闻。书分二十卷，既成又与郭嵩焘、曾国荃商订得失，漏者补之，疑者阙之，不为苟同，亦不立异，虽文笔不及王闿运老辣，然湘军大事无所遗漏，湘军将领亦多褒奖。

先生和夫人朱纯饿着肚子读这本书的时候我还没有出生。文凭高的“问难”文凭低的，这种事情生活中也时常发生。爱好、激情和恒心可以弥补课堂教育的不足，这也许就是那么多科班出身的出版人“害怕”周作人、曾国藩，而先生却“十分喜欢”的根本原因。

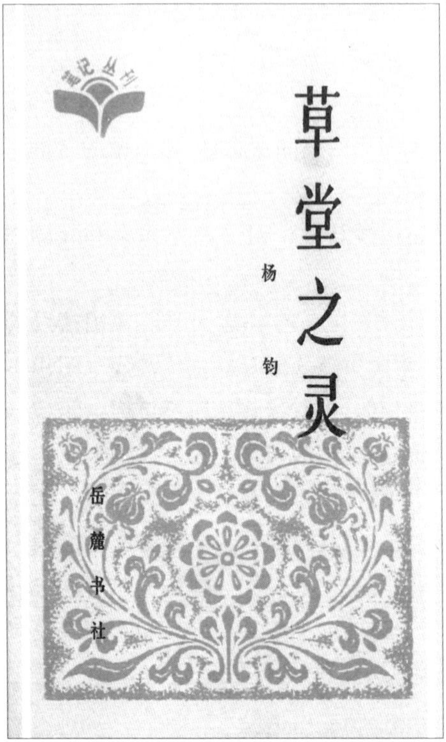

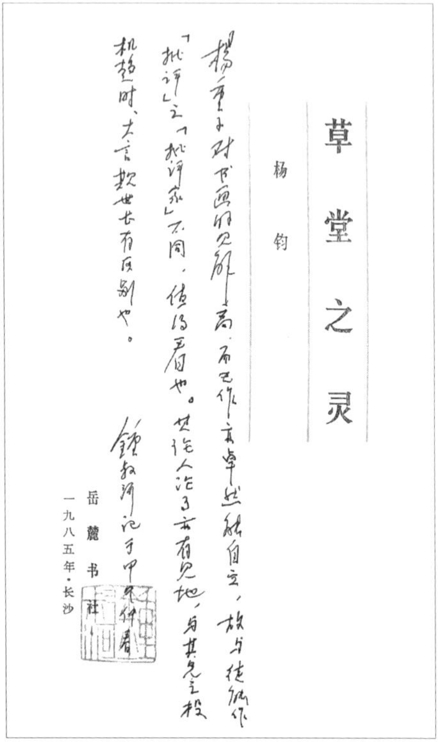

[锺题]

杨重子对书画的见解高，而己作亦卓然能自立，故与徒能作“批评”之“批评家”不同，值得看也。其论人论事亦有见地，与其兄之投机趋时、大言欺世大有区别也。

锺叔河记于甲午仲春

岳麓书社 1985 年 3 月第 1 版第 1 次印刷，杨钧著，责任编辑徐子宏，装帧设计曾东藩，字数 17 万，印数 9800 册，337 页，定价 1. 40 元。

《草堂之灵》

书分十六卷，收文两百五十余篇。鲁迅先生很欣赏这部书，说其中讲诗、文、书、画有很多正常又是很好的见解，甚为高明。

杨钧（一八八一——一九四〇），湖南湘潭人，字重子，号白心，笃学博闻，交游甚广，处事、读书、治艺均有独见。比如他评价张之洞与曾国藩："张文襄是看书人，不是读书人；曾文正是读书人。"他论《交际》："富贵出身者，得当时名易，得身后名难；贫贱出身者，得身后名易，得当时名难。且于当时交际尤难，既不可抗，又不可卑，卑近于谄，抗不见容。"他《说孤陋》："有所专又有所成者，不可求博，亦不暇求博；无所专又无所成者，与其饱食终日，不如求博，亦可不为学人轻视也。"这些风格明快、颇有见地的文章，大多载于《草堂之灵》。

我想起了吴小如（一九二二——二〇一四）先生说过的一段话。这位当年北京大学中文系讲课最受欢迎的教授，荣获《诗刊》社首届"年度'子曰'诗人奖"后说："我一直这么认为，要把古代诗文讲出个所以然来，必须掌握写作古诗文的实践经验，否则终不免隔靴搔痒。北大有两位名教授，一位是林庚先生，另一位是吴组缃先生。林先生讲诗，吴先生讲小说，都十分精彩，一个重要原因就是他们本人是诗人和小说家。他们两位是我的老师辈，是我学习的楷模。"

杨重子擅书画、金石、诗文，吴小如先生诗词、书法、评论独步当代。他们都是"先当学生，再当老师"，所以品书评画锋芒犀利，知人论事自成一家。

先生对郑孝胥、周作人似多所包容，为何"苛求"重子之兄？

杨度（一八七四——一九三一），字晳子，号虎公，光绪二十三年举人，早年留学日本，主张君主立宪，追随袁世凯。之后倾向革命，追随孙中山，追随共产党。周恩来临终前，特别交代要将他介绍杨度秘密加入共产党一事加入《辞海》人物条目。

"帝制余孽"是杨度晚年自嘲印名，他已幡然悔悟，跟上时代潮流，窃以为对他的评价"宜粗不宜细"。

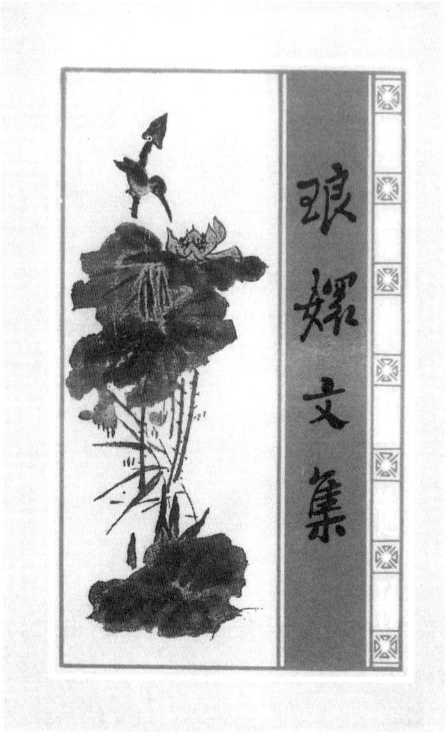

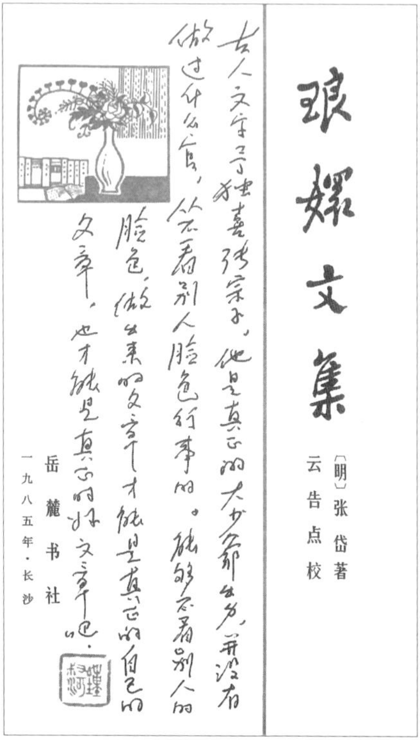

[锺题]

古人文字予独喜张宗子，他是真正的大少爷出身，并没有做过什么官，从不看别人脸色行事的。能够不看别人的脸色，做出来的文章才能是真正的自己的文章，也才能是真正的好文章吧。

（钤印）锺叔河

岳麓书社 1985 年 7 月第 1 版第 1 次印刷，〔明〕张岱著，云告点校，责任编辑潘运告，装帧设计曾东藩，书名题字王诚龙，字数 17 万，印数 14000 册，316 页，定价 1.65 元。

《琅嬛文集》

书分六卷，卷之一序，卷之二记、启、疏，卷之三徼、碑、辨、制、乐府、书牍，卷之四传，卷之五墓志铭、跋、铭、赞，卷之六祭文、琴操、杂著、颂、词。前有黄裳《绝代的散文家张宗子》代重印前言，附周作人《再谈俳文》；后有旧刻序跋和点校后记。

张岱（一五九七 — 一六八四），浙江山阴（今绍兴）人，字宗子，号陶庵，出身封建世家，明末清初文学家，著有《陶庵梦忆》《西湖寻梦》《夜航船》等。他写过一篇《自为墓志铭》，毫不忌讳自己“少为纨绔子弟，极爱繁华，好精舍，好美婢，好娈童，好鲜衣，好美食，好骏马，好华灯，好烟火，好梨园，好鼓吹，好古董，好花鸟，兼以茶淫橘虐，书蠹诗魔。劳碌半生，皆成梦幻”。凡事（文章）做到慷慨淋漓激荡尽情处，便是天地间第一个真人（第一篇绝文）。这个醉生梦死的资产阶级大少爷，身处末世歌台舞榭、纵情极欲，是了解晚明达官贵族生活的一扇窗口。明清以降如此坦率自白的人，我看找不出第二个来，包括自称“最认真的人”。

文人要做到不看别人脸色行事，写自己想写的东西，基本条件是衣食无忧。这正如鲁迅先生所说：“有闲不一定能创作，但要创作，则必须有一定的余闲。过于穷困，则要忙于衣食；过于富贵，则容易流于安逸。”张宗子“年至五十，国破家亡”，这之后他又活了三十好几年，大概祖传家业让他不“过于穷困”又不“过于富贵”，所以他才有余闲作出好文章来。如果他像黄裳一样被发配到印刷厂搬纸、农场种地，他是无论如何写不出先生“独喜”的古人文字来的，这叫作经济基础决定上层建筑。

我家藏有作家出版社一九九五年版、中华书局二〇〇七年版的《陶庵梦忆·西湖梦寻》，没有认真翻过，准备将来补课。

这本书我打过三次电话发过多条信息沟通，以两百六十元收入箧中，陕西省西安市大舆古旧书轩主人评价我是“执着的好买家”。

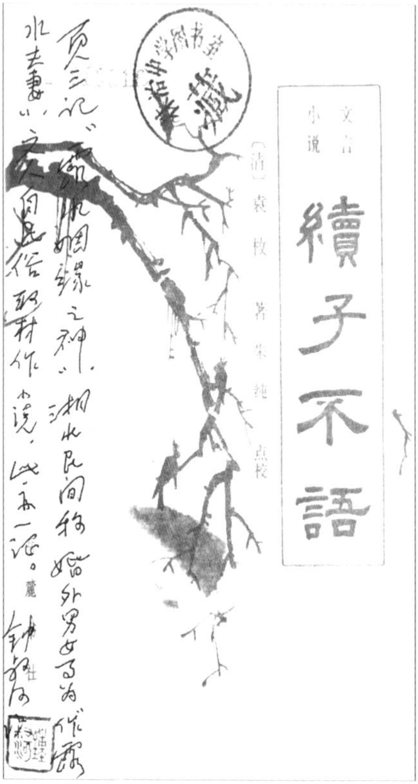

［锺题］

页三记“露水姻缘之神”。湘地民间称婚外男女事为“作露水夫妻”，文人自民俗取材作小说，此亦一证。

锺叔河识

岳麓书社 1986 年 5 月第 1 版第 1 次印刷，〔清〕袁枚著，朱纯点校，责任编辑鄢琨，封面设计胡勇，书面题字邢之国，字数 13 万，印数 12000 册，195 页，定价 1.05 元。

《续子不语》

该书责任编辑犯了一个低级错误，将出版日期错成“1686 年 5 月”，这一错时光回到了大清王朝康熙年间，出版时间比袁枚出生早了三十年，不知时任总编辑的先生审看版权页没有？事后扣没扣发责任编辑奖金？

袁枚（一七一六 — 一七九七），浙江钱塘（今杭州）人，乾隆四年进士，勤政有名声，乾隆十四年归隐南京，筑随园广收弟子。袁枚是著名诗人、文学评论家，与赵翼、蒋士铨合称“乾隆三大家”，诗坛性灵派重要创始人，著有《小仓山房诗文集》《随园诗话》等。袁枚还是个小说家，他收录了许多鬼怪故事，以简洁明了的笔法写成笔记小说《子不语》《续子不语》，与纪晓岚的《阅微草堂笔记》齐名。他对美食亦颇有研究，写有著名的《随园食单》，是清代一部系统论述烹饪技术和南北菜点的重要著作。

“露水夫妻”多指婚外男欢女爱之事，如夜间露水，见不得阳光。这种古老的“婚外情”，与今天纪检部门所说的“通奸”似乎不完全一样。乡间的这种事情两相情愿，很少有物质方面的因素掺杂。而男领导与女部属、女领导与男部属之间发生这种事情，就难脱“投我以木桃，报之以琼瑶”的干系，可见商品意识早已渗透到床笫之欢了。

《续子不语》中所记的民情风俗、神狐鬼怪、三教九流，反映出作者游戏人生的态度，也寄予着作者的愤世嫉俗。如卷十《淫谄二罪冥责甚轻》，说到老仆朱明对“女有淫行”者托生为贵家公子，“叟谄富家”者托生为富家女大为不满，阴间判官解释说：“男女帷簿不修，都是昏夜间不明不白之事，故阳间律文，载捉奸必捉双，又曰非亲属不得擅捉，正恐黯昧之地，容易诬陷人故也。”之后大发议论：“况古来周公制礼以后，才有妇人从一而终之说。试问未有周公以前……”公开宣言与礼教作对。

本书淘自湖南省株洲市天元区博雅轩，九五品相（虚报），售价一百元。我曾在此地当兵三年，后来侥幸考入军校，毕业后走向省会长沙，走向首都北京。如今老部队的番号都没有了，思之慨然。

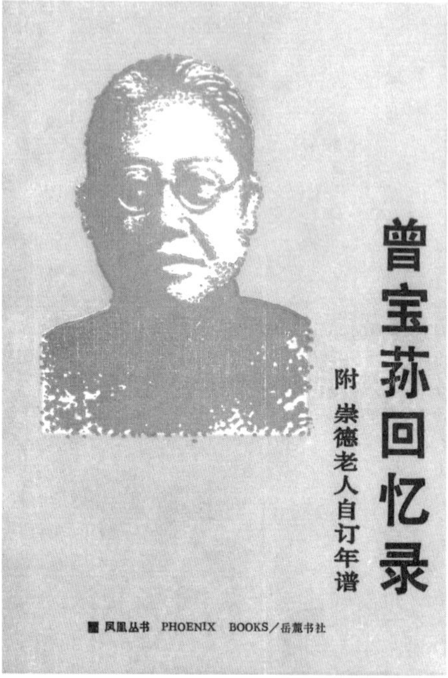

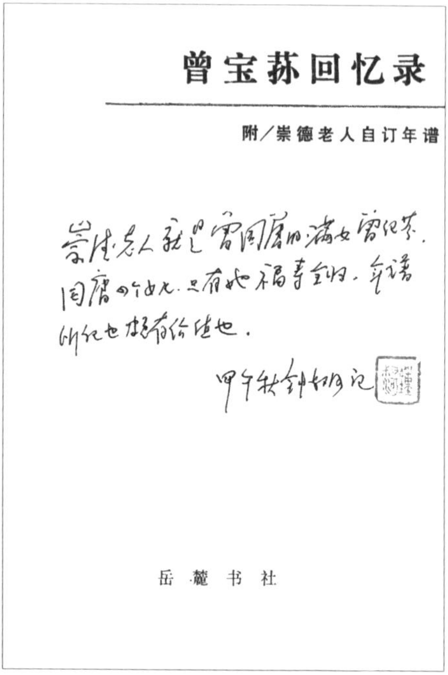

[锺题]

崇德老人就是曾国藩的满女曾纪芬，国藩四个女儿，只有她福寿全归，年谱所记也颇有纪念价值也。

甲午秋锺叔河记

岳麓书社 1986 年 8 月第 1 版第 1 次印刷，责任编辑杨荣辉，装帧设计许康铭，字数 18 万，印数 5500 册，296 页，定价 1.65 元。

《曾宝荪回忆录》

书分“我的家世”“我怎么做了基督徒”“伦敦大学的西田书院和我”“出席世界基督教协进会会议”“出席太平洋国际学会”“三十年教女学生的经验”“八十岁这年的几件大事”等四十一节，前有“凤凰丛书”主编先生所撰总序及出版说明，附《崇德老人自订年谱》。

曾宝荪（一八九三——一九七八），湖南湘乡人，字平芳，号浩加，曾国藩曾孙女，曾纪鸿孙女。民国初年留学英国，先后入瓦津私塾礼堂学校、黑山高级女子中学、伦敦大学、剑桥大学、牛津大学就读。一九一七年回国后在长沙创办艺芳女校，实行六年中学一贯制。一九四九年由香港去台湾，一生以教育为业，终身未嫁。

曾宝荪的最大贡献，就是和弟弟曾约农精心保存了曾国藩、曾国荃和曾纪泽等祖父辈的手泽，尤其是曾国藩和曾纪泽的日记，这些都是中国近代史的真实记录，不是曾氏一家之宝，乃是国家之宝。他们听从吴相湘、杨家骆、刘国瑞、毛子水等先生建议，先行在台湾学生书局影印部分重要著作流传于世。曾国藩一百六十岁生辰，曾宝荪请来有曾氏血统关系的人开追思会，决定将相伴四十多年的四大铁箱珍藏文物，寄存台北故宫博物院。

我收藏了曾宝荪的祝寿诗：“柏署春常在，忠廉肃世风。壮怀襄鼎革，积学裕谦冲。礼乐心传广，箕裘意算雄。九如宏寿域，钓渭德弥隆。德斋先生八秩荣庆，曾宝荪敬祝。”可见其国学功底。

“国藩四个女儿”有误。曾氏育有五女，长女纪静许配松江知府袁漱六之子袁秉桢，二女纪耀许配道光进士陈源兖之子陈远济，三女纪琛许配湘军名将罗泽南之子罗兆升，四女纪纯许配郭嵩焘之子郭依永，这些由他做主的婚姻都不幸福。曾氏痛定思痛，不再顾忌门第，满女纪芬择婿只要人品端正、好学上进、身强体健便好，还请夫人当参谋，选中了江南制造局十九岁的小伙子聂仲芳。聂“才大心细，精干廉明”，后来官至浙江巡抚。

崇德老人儿孙满堂，九旬而故。曾氏这次相婿没有看走眼。

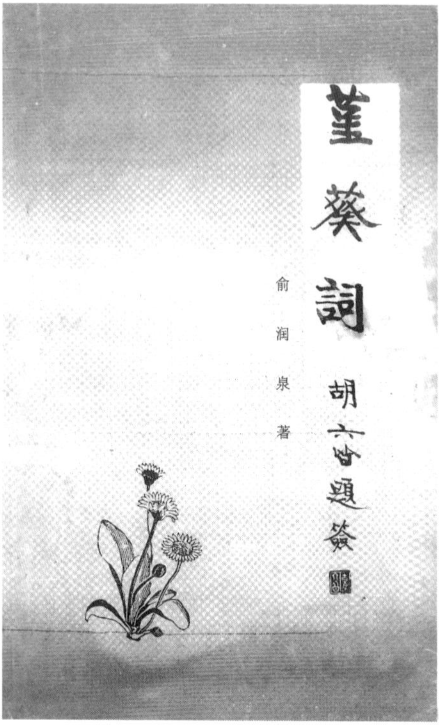

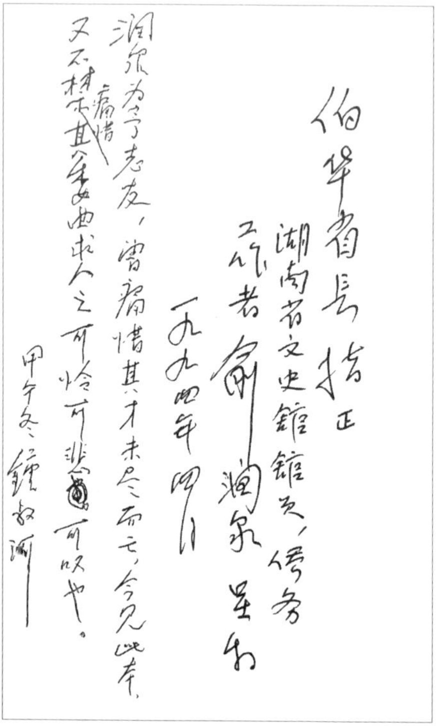

[俞题]

伯华省长指正。

湖南省文史馆馆员，侨务工作者俞润泉呈教　一九九四年四月

[锺题]

润泉为予老友，曾痛惜其才未尽而亡，今见此本，又不禁痛惜其委曲求人之可怜可悲可叹也。

甲午冬　锺叔河

准印证湘新出准字（1994）第 12 号，作者俞润泉，题签胡六皆，编辑王杰诚，装饰画采自《刘岘木刻集》，无字数、印数，96 页，无定价。

《堇葵词》

俞润泉（一九二五 — 二〇〇三）先生，湖南长沙人，毕业于国立广西大学。毛泽东赴重庆谈判时，他作为记者到机场迎接，一九四五年八月二十九日《国民公报》一版头条有记载：“毛氏与记者一一握手时，曾与一戴大草帽自称是湖南一中附小的同学握手。”这个戴大草帽者就是俞润泉先生。

“三反”和“肃反运动”中，俞先生被打成贪污分子、特务分子，两次被逼自杀。他作为新湖南报社“反革命小集团”（俞润泉、张志浩、朱正、锺叔河）头目，“文化大革命”中被判处有期徒刑十二年，平反三年后患喉癌切除声带成为哑巴。生前立遗嘱将遗体捐献湘雅医院，并作自挽联：“借酒而歌不欲微才污盛世，乘风以去但留浅笑付人间。”著有《俞润泉书信集》《湖南饮食丛谈》等。

“一种风流吾最爱，南朝人物晚唐诗。”先生曾用日本人大沼枕山这两句诗表达对亡友俞润泉才情的欣慕。俞先生也这么认为：“在才情上我与两兄（朱正、锺叔河）并没有很大差别，但我性格上的缺点是太脆弱。”他生而具有诗人的禀赋和气质，却经不起政治运动的折腾，“胡乱编造一些历史政治问题来搪塞”过关，结果下次运动来了既害己又害人。

俞先生有《庚辰除夕九歌》，其五云：“避席文章本不多，老妻常怨太蹉跎。江山何必庸人说，梦里生涯梦里波。”注云：“朱、锺两兄为余好友，著作累累。老妻常曰：你只抵得朱、锺一小脚趾吧，给他们提夜壶也不配的。按：新式便壶不须提携，只好下岗失业。”这仿佛是诗人自嘲，其实乃诗人自负。

《堇葵词》后记开头说：“润泉，一介书生，家贫如洗。这部劫余诗词稿能自费印刷出版，端赖国内外戚友的资助。谨向资助者道谢！”接着他列举了美国、法国和中国大陆和台湾、澳门地区十六位戚友大名。我看到这里酸溜溜的，一个堂堂的离休老干部出本集子怎么这般艰难？

这本书他最好别送省长大人，但送了也没有先生所说的那么严重，我还淘过谭谈的《罪过》送给刘夫生书记呢！

［锺题］

古时文人忻（歆）慕温馨的、美丽的、智慧的家庭生活，常用“神仙眷属”一词来形容它。这张照片，留下了上世纪三十—四十年代一家“神仙眷属”的影像，令人不胜向往之至。照片中的两位已逝，杨绛先生独存，谨祝逝者安息，存者康乐！

锺叔河　2015.1.4 长沙

生活·读书·新知三联书店 2004 年 7 月第 1 版，2014 年 5 月第 10 次印刷，杨绛著，责任编辑冬晓，装帧设计陆智昌，字数 9 万，图片 52 幅，印数 79000 册，165 页，定价 38.00 元。

《我们仨》

“我们仨”即钱锺书、杨绛夫妇和女儿钱瑗。书分“我们俩老了”“我们仨失散了”“我一个人思念我们仨”三辑。“附录一”“附录二”“附录三”为影印手迹，既有钱瑗撰写《我们仨》的目录和部分手稿、“钱瑗为爸爸画像”，又有钱锺书给亲家书信、为阿姨所画采购清单、嘱女儿“养病第一，好好休息，好好保养，勿劳神”的便条，还有杨绛戏赠“管”“城”作者的墨宝及信件等，从中可看出文人家庭的伦理亲情。

他们这个家很朴素，他们三个人很单纯。“我们从不唱爱国调。非但不唱，还不爱听。”但他们深深地爱着祖国的文化，不愿意做外国人，安静地留在上海等待解放。他们与世无争，与人无争，只求一家人相聚一起，相守一起，各自做着力所能及的事情，人人都有非同凡响的建树，他们仨是不同寻常的遇合。这大概是锺先生所说的“神仙眷属”。

“世间好物不坚牢，彩云易散琉璃脆。”人世间没有单纯的快乐，人间也没有永远。钱、杨坎坷一生，暮年才有可以安顿的居处，可老病相催，人生之路已走到了尽头。

钱瑗是杨绛先生的生平杰作，钱锺书先生认为的“可造之材”，钱基博先生心目中的“读书种子”，可她“只发了点芽芽”就凋谢了，一年多后钱锺书先生也离开了人间。“我们仨”只剩下杨绛先生一人，这个“倔强的中国老百姓”从未停止过思考：

……

在这物欲横流的人世间，人生一世实在是够苦。你存心做一个与世无争的老实人吧，人家就利用你欺侮你。你稍有才德品貌，人家就嫉妒你排挤你。你大度退让，人家就侵犯你损害你。你要不与人争，就得与世无求，同时还要维持实力准备斗争。你要和别人和平相处，就先得和他们周旋，还得准备随时吃亏。

……

这位世纪老人的《一百岁感言》耐人寻思。

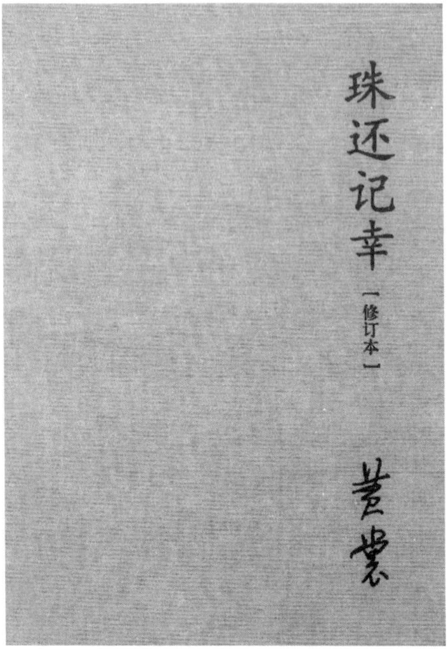

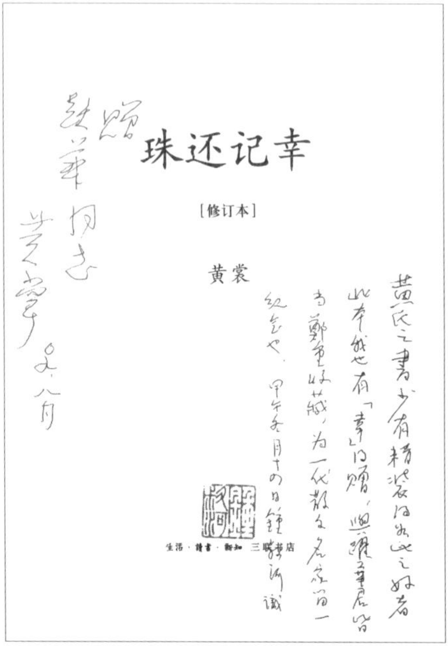

［锺题］

黄氏之书少有精装得如此之好者。此本我也有“幸”得赠，与跃华君皆当郑重收藏，为一代散文名家留一纪念也。

甲午冬月十四日，锺叔河识

生活·读书·新知三联书店2006年4月第1版第1次印刷，责任编辑郑勇，装帧设计陆智昌，字数23万，插图70幅，印数100册，418页，定价158.00元。

《珠还记幸》

“合浦珠还”事见《后汉书·孟尝传》。合浦（今广西合浦东北）盛产珠宝，因历任地方官搜刮得太过凶狠，“珠遂渐徙于交址郡界。于是行旅不至，人物无资。病者饿死于道。尝到官，革易前敝，求民病利。曾未逾岁，去珠复还，百姓皆反其业”。后用此比喻人去而复回或物失而复得。黄裳先生“非常高兴为这本小书取了这样一个名字”，因为他收藏的名人信札在“文化大革命”中被全部抄走，一张不剩。一九八二年春，这些纸片又奇迹般回到他的手中，虽然零零落落，只剩下四分之一的光景。

黄裳（一九一九—二〇一二）先生，山东益都人，原名容鼎昌，八旗世家，祖隶镶蓝。他少年老成，“善于跟老一辈的人往来，既婉约而又合乎法度，令人欣赏”（黄永玉语），与梅兰芳、巴金、郑振铎等先生相交甚笃，采访过傅斯年、周作人、张奚若、郭沫若等文化名人，与张元济、茅盾、梁漱溟、许寿裳、乔大壮等先生亦有书信往来。一部二十三万字和七十幅插图的《珠还记幸》，足可奠定先生在散文界的大家地位。

黄裳先生的散文成就靠天赋才情，靠丰富曲折的人生阅历，更靠读书的勤奋和载籍的博览广涉。先生说：“黄裳是第二代散文作家中最‘有学有术’的之一。我尤其佩服他的《绝代的散文家张宗子》，这真是‘才、学、识’都臻极致的好文章……《珠还记幸》和《河里子集》会和叶、谢、徐、梁们的作品同样存在下去吗？我相信会的。”邵燕祥先生说：“黄裳一手经营的‘散文王国’，开疆辟土，不断扩大，既已广阔，又有纵深……贴近现实又连接历史，贴近人生又连接舞台。”

《珠还记幸》精装本仅印一百册，藏家趋之若骛。我这本扉页书“为汶川戊子春晚，黄裳”，扉二书“赠跃华同志　黄裳　〇九、八月”。我想，它原是要在东方卫视春晚上拍卖，换成银子援助四川地震灾区的，不知是活动临时取消，还是黄裳先生多签了几部没舍得拿出？如今我这部有了先生题跋，又多了掌故趣闻，自当“郑重收藏”“待价而沽”。哈哈！

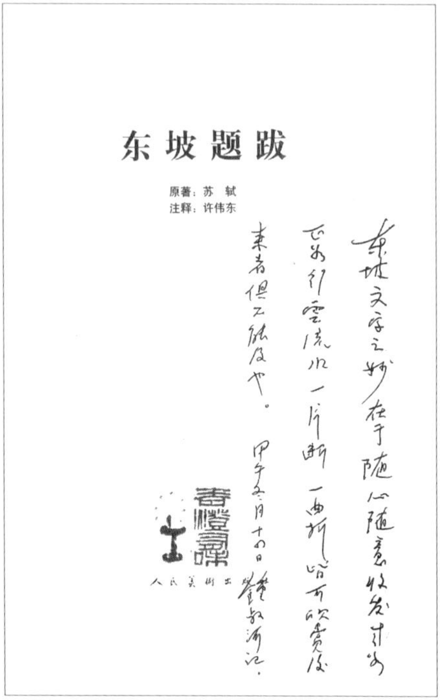

［锺题］

东坡文字之妙在于随心随意收发自如，正如行云流水，一片断一曲折皆可欣赏，后来者俱不能及也。

甲午冬月十四日，锺叔河记

人民美术出版社 2008 年 1 月第 1 版第 1 次印刷，原著苏轼，注释许伟东，责任编辑雒三桂，装帧设计郑子杰，无字数，印数 3000 册，406 页，定价 64.00 元。

《东坡题跋》

这本没有序言和后记的《东坡题跋》分六卷，每则长者数百余言，短者二三十字，自然冲淡，高雅简远，有着随缘自适的超脱意蕴，妙趣横生的会心一笑，带给读者无穷的阅读乐趣和艺术享受。如果注释者或责任编辑（亦可请专家学者）撰写序言，叙述题跋之原委及东坡居士题跋的文学价值置于目录前，可能更便于读者阅读理解。

苏氏题跋内容极为丰富，纸、墨、笔、砚、琴、曲、酒、茶、医药饮食、山川寺宇、逸闻掌故、风物习俗等无所不包。他往往从题跋对象中引发开去，甚至借题发挥，阐述自己的文艺思想、审美情趣和价值取向。如《书渊明乞食诗后》："渊明得一食，至欲以冥谢主人，此大类丐者口颊也。哀哉！哀哉！非独余哀之，举世莫不哀之也。饥寒常在身前，声名常在身后，二者不相待，此士之所以穷也。"

"感子漂母意，愧我非韩才。衔戢知何谢，冥报以相贻。"苏氏认为陶渊明的《乞食》诗口吻和表情非常像乞丐。这使我想起陶渊明的名句"不为五斗米折腰"。如果没有充足的物质财富确保"采菊东篱下"，他"不折腰"就只有当"饿死鬼"。这不，生前无以为报，还想到阴间后仍要感谢呢！这"饥寒"和"声名"不"相待"的现象异国他乡也有，是古今中外的"老问题"，苏氏此论可谓"放之四海而皆准"。

苏氏题跋天机自成。如"士居平世，侥幸以成功名者，何可胜数？而危乱之世，豪杰之士湮没而无传者亦多矣""世人患作文字少，又懒读书，每一篇出，即求过人""人之爱富贵，有甚至生者""人之好名，有甚至生者"等等。"吾文如万斛泉水，不择地皆可出。"他确实用不着谦虚。

清人段玉裁曰："题者，标其前；跋者，系其后也。"可如今大有将二者联姻、位置前移之势，我就是"混淆是非"的"罪魁祸首"之一。

先生题跋后问我："这本书看不看得懂？"

我答："有些地方挺费劲的。注释者将人物简历'抄'得长长的，可该注释的地方却没有注释，有避难就易之嫌。"

[锺题]

读宋诗必言苏黄，读题跋亦必言苏黄，此皆一代文章魁首，后来者尽心竭力皆不能及者也。

甲午冬念楼记

上海远东出版社 2011 年 8 月第 1 版第 1 次印刷，[宋] 黄庭坚著，屠友祥校注，责任编辑刘冬冠、刘丽娟，封面设计张晶灵，字数 23.3 万，无印数，294 页，定价 28.00 元。

《山谷题跋校注》

《山谷题跋》共九卷，另有《校注山谷题跋小引》、毛晋《跋》和“补编”。黄氏善行草，字中有笔，句中有眼，学问文章与苏轼并称，其题跋乃中国古典艺术理论的重要瑰宝，理论价值和鉴赏价值兼具。姚华《论文后编》说：“自宋而后，题跋且成专著，苏、黄、海岳、晦翁诸家，书犹有存者，其用之宏，视序有加，议论说辨，亦尝行乎其中，是又变而滥焉矣。”苏即苏轼，黄即黄庭坚，海岳即米芾，晦翁即朱熹，他们既是宋代著名书法家，又是玩“文章家之短兵也”的高手。

我不知有《东坡题跋》《山谷题跋》，听先生一说赶紧淘书拜读。黄氏题跋言其所得，高韵清风，自成一家。如《题摹燕郭尚父图》：“凡书画，当观韵。往时李伯时为余作李广夺胡儿马，挟儿南驰，取胡儿弓，引满以拟追骑。观箭锋所直，发之，人马皆应弦也。伯时笑曰：‘使俗子为之，当作中箭追骑矣。’余因此深悟画格。此与文章同一关钮，但难得人人神会耳。”文章欲求风韵雅致，务必精读千卷经书，胸中一丘一壑不减古人。这样如虫蚀木，偶尔成文，无意计较工拙及他人的品藻讥谈，亦自成风格矣。

黄氏认为：“学书要须胸中有道义，又广之以圣哲之学，书乃可贵。”“士大夫处世可以百为，唯不可俗，俗便不可医也。”何为俗状？“视其平居，无以异于俗人。临大节而不可夺，此不俗人也。平居终日如含瓦石，临事一筹不画，此俗人也。”俗人与匠人师出同门，自然一身匠气。

我想起了中央文史研究馆的某馆员，他的画价不菲，也有商人捧场，常年住着宾馆，就是他的画作题跋总离不开山野村夫都耳熟能详的几句唐诗宋词，被人私下目为“画匠”。当今书坛、画坛匠人何其多哉，最根本的原因就是读书太少，追求速成。

黄氏《跋东坡书远景楼赋后》曰：“余谓东坡书，学问文章之气，郁郁芊芊，发于笔墨之间，此所以他人终莫能及尔。”

书可养韵，亦能医俗。追慕前贤，宜多读书。

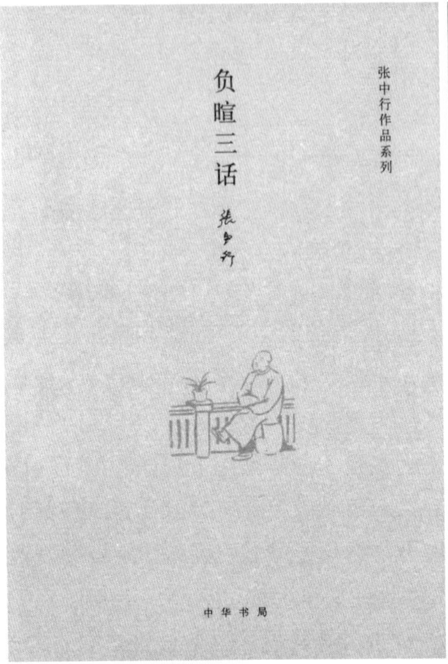

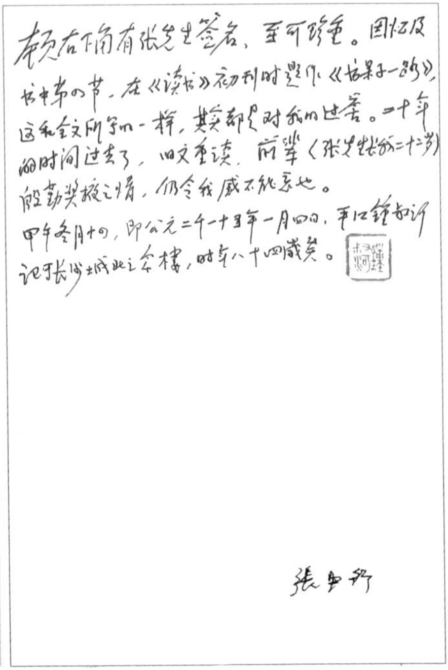
本页右下角有张先生签名，至可珍重。因忆及
书中第四节，在《读书》初刊时题作《书呆子一路》，
这和全文所写的一样，其实都是对我的过誉。二十年
的时间过去了，旧文重读，前辈（张先生长我二十二岁）
般勤奖掖之情，仍令我感不能忘也。
甲午冬月十四，即公元二千一十五年一月四日，平江锺叔河
记于长沙城北之念楼，时年八十四岁矣。
張中行

［锺题］

本页右下角有张先生签名，至可珍重。因忆及书中第四节，在《读书》初刊时题作《书呆子一路》，这和全文所写的一样，其实都是对我的过誉。二十年的时间过去了，旧文重读，前辈（张先生长我二十二岁）般勤奖掖之情，仍令我感不能忘也。

甲午冬月十四，即公元二千一十五年一月四日，平江锺叔河记于长沙城北之念楼，时年八十四岁矣。

中华书局2012年1月第1版第1次印刷，张中行著，封面插图丰子恺，书名题签萧劳，责任编辑聂丽娟，装帧设计丰雷，字数27.2万，印数5000册，489页，定价47.00元。

《负暄三话》

张中行先生的“负暄”三种为《负暄琐话》《负暄续话》《负暄三话》，分别以《章太炎》《辜鸿铭》《启功》开卷。书以“负暄”名之，取“晒太阳闲话”之意。此册收文六十八篇，《出版说明》、谷林《序》和作者《跋语》概述了成书经过。

张中行（一九〇九 — 二〇〇六）先生，河北香河人，毕业于北京大学，涉猎广泛，博闻强记，著名学者、哲学家、散文家。张氏低调淡泊，无欲无求，一生清贫，年逾八旬才分到一套普通三居室住房，室内摆设极为简陋，除书柜外别无长物，自称“都市柴门”。他与季羡林、金克木合称“燕园三老”，季羡林先生称其为“高人、逸人、至人、超人”。

该书用四分之一的篇幅写了启功、季羡林、老温德、锺叔河、张守义、韩文佑、曾家琪、刘慎之、凌霜红、马珏、孙毓敏、凌大嫂、赵丽雅、丁建华十四位当时健在的人物，第四节标题由《书呆子一路》改为《锺叔河》，文中论及“全才的所谓全”时说：“我看，与锺叔河先生相比，绝大多数只是半瓶醋而已。”

张中行先生说先生“人有至性，对事严谨认真，对人宽厚恳挚”，晤对诚和敬，话都发自心腹，有时甚至近于迂，使他想到已作古的废名先生；时间紧还要跑到西郊看望通信关系的朋友张铁铮先生，说病中更不能不去；先生集联“更能消几番风雨，最可惜一片江山”，比他集联“立身苦不早，为乐当用时”“仍是大小之别，我是小乘，他是大乘，每念及此，不禁有高山仰止之叹”。所以先生有“过誉”之忧。

“负暄”系列“被誉为‘当代的《世说新语》’”。这是“广告词”。止庵先生认为张氏散文“啰唆”“老气”，我深以为然。

右下角签名乃印刷体，先生可能看走眼了。

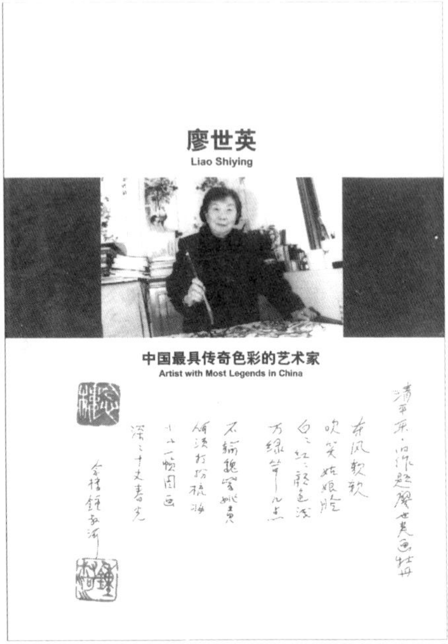

[锺题]

《清平乐·旧作题廖世英画牡丹》

东风软软
吹笑姑娘脸
白白红红颜色浅
万绿丛中几点

不输魏紫姚黄
何须打扮梳妆
小小一帧图画
深深十丈春光

念楼锺叔河

中国文联国际出版社 2013 年 7 月第 1 版第 1 次印刷，责任主编宋卫，美术编辑李美玲，无字数，印数 50000 册，15 页，定价 26.00 元。

《艺术人物·国家艺术人物廖世英专刊》

这是廖世英女士赠送锺先生的一本画册，内题“叔河同志指正，廖世英奉，2013、12、25”，同时还附有她夫妻俩祝贺元旦和春节的贺卡。

廖世英，江西萍乡人，一九三〇年八月出生，先后就读于重庆南开中学、长沙艺芳女校，从事编辑工作多年，在湖南教育出版社离休后钻研国画，主攻花鸟，作品多次获奖。

先生和夫人朱纯两先生合作编成的第一本书《过去的学校》，一九八二年十一月由湖南教育出版社初版，版权页上没有责任编辑大名。我问先生：“廖女士是否经手责编过这部书?”先生笑云：“我不知道，很可能不是。但朱纯的妹妹干地下党时联系过廖世英，这一点我倒是早就知道的。”

先生之词为其旧作，但是从未发表过的。这次收到这份节日礼物后，立即将其写出，作为答谢，上钤“念楼”“锺叔河”两方印章。

先生将此题词给我看后，旋发现“一”和“几”二字该互换一下位置，便又重新写过了这一张，供王平先生拍照。在此过程中，他招呼女婿过来给他剃光头，我则拿把椅子坐在跟前陪着聊天。他聊着聊着突然想起两位书友（商），让我翻电话本找手机号码，边理发边打电话，拜托他们如果发现市场上有他自制封面本《偶然集》，不管多少钱买下来，他照价付款。

我一直梦想得到这么一本《偶然集》，而先生家中已无存书，孔夫子旧书网上也一书难求。先生记着这件事，主动找书商帮我圆梦，但自始至终没有透露这是在帮人淘书，大概是怕对方知情后“哄抬物价”。

先生回到书桌旁，边改字边对我说：“我不懂画，也不养花。但牡丹本国色天香，周敦颐偏要贬低它，得帮它争口气。老同志能画牡丹令人高兴，送画册贺新年也是不能不回礼的。”

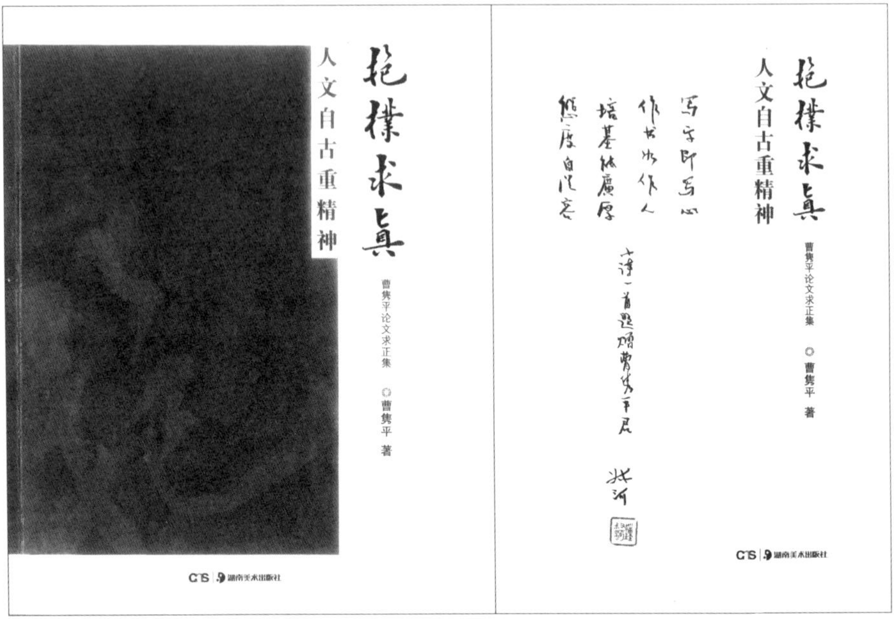

[锺题]

写字即写心，作书如作人；
培基能广厚，态度自从容。

　　小诗一首题赠隽平君　叔河

湖南美术出版社 2014 年 6 月第 1 版第 1 次印刷，曹隽平著，责任编辑邹方斌，美术设计唐巍，字数 30 万，印数 2000 册，556 页，定价（四卷）186.00 元。

《抱朴求真——曹隽平论文求正集》

《抱朴求真——曹隽平论文求正集》，分“人文自古重精神”“淘尽黄沙始得金”“江山代有才人出”“纵是馆阁亦风雅”四卷，收入作者藏品鉴赏、文物考证、艺术评论方面的文章七十余篇及其书法作品百余幅，扉页有锺先生和文怀沙、沈鹏先生题字。

曹隽平乃“七〇后”，国家一级美术师，现任湖南省群众艺术馆副馆长、《文艺生活·艺术中国》杂志主编，嗜古、擅书、好写作，曾组织策划过“第三届全国刻铜艺术研讨会”“湖南首届文人书画邀请展”等，是湖南艺术界和收藏界十分活跃的人物。他得识先生后，先生对他将刊物办上了档次，发现和推重长期沉潜于乡间的老书法家等方面的努力很是看重。

曹君文集的第四卷，论及对“馆阁体”不宜全盘否定，先生亦表同意。他对曹君说：“我不知书，但知书法必自练习基本功始。馆阁体就是讲究基本功，你推重的邬先生就是基本功好，说你的字好也是基本功好。做人也一样，首先总得植好基，打好底子。你如今的成功，正好证明了这一点。你要想在艺术方面取得更大的成绩，尤其需要持续不断地在这方面努力。”先生说着，就提笔给曹君题了这二十个字。

我和隽平君未曾谋面，但也感受到了他的热情。我写这则“题锺题”，很想能写点有的放矢的东西，无奈学无根底，对古今书画十分隔膜，因此不敢对他的大作妄加评论，只好抄录吴小如先生《学书一首示诸生》与隽平君互勉：“学书必自二王始，譬犹筑屋奠基址。思之既久鬼神通，一旦豁然叹观止。今人习艺不读书，滔滔天下属野狐。绩文养志德不孤，水到渠成气自殊。”

这首诗是六年前小如先生应我请求写给小女萧瑶的，我觉得它和先生这二十个字可谓异曲同工，不知隽平君以为然否？

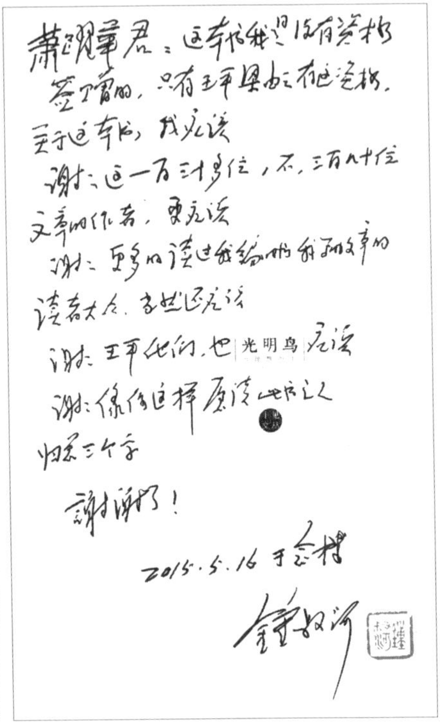

[锺题]

萧跃华君：这本书我是没有资格签赠的，只有王平、梁由之有这资格。关于这本书，我应该谢谢这一百三十多位，不，三百几十位文章的作者，更应该谢谢更多的读过我编的书我写的文章的读者大众，当然还应该谢谢王平他们，也应该谢谢像你这样愿读此书之人。归总三个字——谢谢了！

2015.5.16 于念楼　锺叔河

华夏出版社 2015 年 4 月第 1 版第 1 次印刷，张中行、朱正等著，梁由之、王平合编，责任编辑赵伟伟、欧阳帆，装帧设计蒋宏工作室，字数 42 万，无印数，494 页，定价 58.00 元。

《众说锺叔河》

书分“先行者并不孤独”“现代读书人的胸襟与眼界”“青灯有味忆当年”“温和的意义”四辑，收文一百一十七篇，入选比例不及与锺先生有关文字的三分之一，可谓三里挑一，质量当属上乘。锺先生题跋中所说的“一百三十多位”可能记忆有误。

封面下“大家云集，说人论书，念楼青灯，薪火相传”四句话，首句似乎夸大其词，因书中作者除李一氓、钱锺书、杨绛、臧克家、黎澍、张中行、戴文葆、萧乾、黄裳、牧惠、舒芜、朱正先生等大家外，大多是写书、编书、爱书的后学晚辈，不如用“布衣韦带”妥当。李一氓先生虽是高官，但他是读书人敬重的老文化人。

样书寄来不久，看到止庵先生微博：“收到《众说锺叔河》一书（梁由之、王平编，华夏出版社二〇一五年四月），内有我的文章《〈周作人散文全集〉琐谈》，未经我授权，我根本不知道。著作权法颁布已二十五年，竟还有此事。拙文不足道，锺先生素所敬重，但著作权法须维护，兹要求：将该书我的文章所在之 P442—P447 撕去，再行发售。关注我者，敬请转发。”后面好像还跟着书评人杨小洲先生言之有据的“反对意见”。

止庵先生说得在理，但照此去做无异判了“宫刑”，“阉割”之书如何发行？如今出书不易，本书作者又多，逐一征求意见何其难哉！

其实，本书编者相当严肃认真，甚至几近“刻板”。他们规定收入文章一律不作改动。锺先生审稿时提出两篇文章（蒋子丹《锺叔河小记》和拙文《出版重镇——锺叔河》）想动一动，事先必须给作者打电话，文尾特意加注“收入本书时，经作者同意做了必要的修订”。这样的编者理应受到作者和读者的尊重，我们应该多包涵他们的一些“不是”才对呀！

后记："比着箍箍买鸭蛋"

萧跃华

"草鞋冇样，边打边像。"这句谚语放之四海而皆准。

癸巳酷暑，书友胡松涛君得知我正在撰写《邵书珍藏录》，鼓动我同时出本《锺书珍藏录》。他说："新中国出版史不能没有锺叔河，你的签名题跋书系列不能没有锺叔河。"

我立即给先生打电话，报告这一设想，他十分痛快："你这个人敢作敢为，办事效率高，可以合作。你又不是整天站在我面前等着题跋，一个月写两三本还是可以的。"先生建议我买本刚出版的《新周刊》400 期特大号看看："'我的故乡在八十年代'，这个选题不错，第一六二页还有他们电话采访我的文章。"

半个月后，我专程赴念楼商量相关事宜。

我高攀上先生已有五六个年头了，每次返湘总要到念楼坐坐，或求赐自书诗词，或请教版式设计，或海阔天空闲谈，或带上几本书签名题跋，每次都不虚此行。这次我们重点讨论了书名以及淘先生所编所著的那些书籍。先生主张双带单彩印，像《三老吟草》（中华书局二〇一三年一月版）一样便于读者阅读。他还笑着对我说："你就像我当年刚出监狱时一样满腔热情干劲大，能够办成事情。"

先生是见过世面之人，常有自己的独到见解。我刚返回北京，他就委托王平先生打来电话，说了两层意思：一是《锺书珍藏录》这个书名不行，与钱锺书先生的名字完全相同，容易产生歧义，可考虑用《题锺题》，寓"锺题"之后鄙人再题，多有奖掖抬爱之意；二是不能全给我一人题跋，也不能全用给我题跋的书，最好五五分成，先生给其他人的签名题跋书占半壁江山，主要防止别人说我们是刻意"做作"此书。

这第一条意见很好接受，第二条意见执行起来就相当有难度，先生题赠李一氓、杨绛、张中行、李锐、黄裳、黄永玉等先生的书如何找来翻拍照片？我立即给先生写信，说这种想法如"水中月、镜中花"，可望而不可即。尤其是对我这个“专利”（之前没有人这么写“书评”）发明人来说，给别人的签名题跋书配文，犹“义务”抱养他人孩子，心里不是滋味。我坚持先生给我一个人题跋的“底线”不松动，但也主动释放“善意”：题跋落款不一定都写我的名字，落款时间也可以相机行事。

先生接受了我的建议，不再提“五五分成”一事，但工作的“主动性”始终不高，客观原因是找他的人很多，他手头的事情很多，我往往跑一趟念楼，才坐等三两本签名题跋书回来，案头始终没有“余粮”。癸巳初秋，我草成四篇样稿网传先生审定，王平先生负责下载呈送，并私下推荐给《书屋》杂志执行主编胡长明兄，建议开设《题锺题》专栏予以连载，这就有了二〇一三年第十一期《书屋絮语》中广而告之的这段文字：

> 滚滚红尘，利字当头，故真心爱读书、重文化的人士便显得非常可贵。《书屋》作者萧跃华先生为军人，却有一股难以割舍的文化情结。多年来，他为文化老人吴小如、周退密、何满子等出版诗词手迹，不遗余力。他又素来仰慕出版界的前辈锺叔河先生，多次恳请锺先生题字（跋），并编成《题锺题》，逐一评点锺先生所出版的各种书籍，虽是千字文，但情感真挚，足堪玩味。《书屋》杂志乐于连载，以便让读者领略锺叔河先生的学识卓见以及作为出版家的深邃眼光。

《书屋》杂志单月安排两篇两个页面，配书影和题跋照片，连载至二〇一四年年底，先生想“磨洋工”都不行了。我也慢慢从中悟出一些“门道”：既是《题锺题》，先生偶尔题题他人专著也无妨，于是就有了先生给苏东坡、黄山谷、张宗子、王定安、杨钧、曾宝荪、朱纯、廖世英、曹隽平等人作品（书、画册）赋诗填词题跋的精美文字。

《题锺题》就这样从“草鞋冇样”到“边打边像”。《藏书报》的王性昌先生看到我发去的样稿，未等传去书影和题跋手迹照片就匆匆安排上版了。这时，有人建议我将朱正先生和锺叔河先生一起出书，并说：“在湖南乃至全国出版界，朱不离锺，锺不离朱，这两个人怎么也分不开。”此举能解决先生集子稍薄问题。我将此意报告二老，他俩都说只要对方没意见乐观其成。

先生很快又想出绝妙的书名《题题题》。他电话中解说：“民国著名文人周越然有《书书书》，我们湖南的韩少功有《爸爸爸》，我们的就叫《题题题》，分‘题锺题’‘题朱题’‘题他题’三辑，后一辑的三个字还可以好好琢磨琢磨。”

这个书名确实不错，可职业出版人杨小洲先生的建议打乱了我的阵脚，他说这么好玩的书一次出个四本五本、七本八本可能更有意思。我箧中刚好有姜德明、朱正、锺叔河、邵燕祥先生的大部分著作题跋，于是计划弄套“题跋录”之类的丛书赏玩。

萧某斋名“锻铁居”，先生直言：“不怎么的，不如‘旧锻坊’有意思。”他翻出《辞源》说：“《梦溪笔谈》中有‘锻坊’之说。你过去打过铁，现在爬格子，一个‘旧’字便将你的昨天和今天联系起来了。”先生还建议我刻“锺炼不成”“打铁萧”等几方闲章玩一玩，这些闲章目前我一方都没有刻。但丛书名字“难产”时我又想起先生，骚扰电话过去，先生快人快语：“‘旧锻坊藏四老题跋录’名字太长，不如干脆用‘旧锻坊题题题’，这样你也许还能多卖去几本书。”于是丛书名敲定，合作大功告成。先生念念不忘的《题锺题》《题题题》，终于找到了差强人意的归宿。

这本书说到底还是“做作”出来的，尽管胡长明兄有意用我“多次恳请锺先生题字（跋）”等字眼为先生“避嫌”，但始终逃脱不了“做作”干系，这是客观事实。我认为，“做作”之事并非全都头顶长疮、脚底流脓。一个人故意做出某种表情、腔调而显得虚假和不自然固然不好，但专心“做作”某件具体事情就不宜“一票否决”。司马迁历时十八载（亦说十三载）写出“无韵之离骚”——《史记》，他难道不是专心“做作”的典范？

俞平伯先生讲授古体诗时说：“诗分做出来的，做出来的不一定没好诗；诗分写出来的，写出来的不一定没好诗。”他的门人吴小如先生就此请教废名先生，废名先生脱口而出：“陆游的诗是做出来的，陶渊明的诗是写出来的。”书也有“做作”与“写作”之分。“做作”出来的不一定没好书，“写作”出来的也不一定没好书。当然，我的“做作”肯定难与大方之家的“做作”相提并论，但“敝帚虽微亦自珍”，自己写出来的东西私下里还是十分看重的。

先生多次提醒我要“多读书、慢出书”，“你的文字还应该更精炼一些”。这是逆耳忠言、关心爱护。可我明知故犯，老是操之过急，真乃朽木不可雕也。人们常说“良药苦口利于病，忠言逆耳利于行”。这话听起来容易改起来难，谁说知难行易？都是狗屁话！

长沙方言有“比着箍箍买鸭蛋”之说。先生不喜欢条条框框，常拿这七个字笑话“削足适履”者。这次他有意无意中对我说起这句话，我高高兴兴地照单全收，并用作后记标题。哈哈！

是为后记。

甲午年腊月廿三日（小年）。岁行尽矣，得迁新居。海淀别矣，丰台来诸。楼层绝顶，阳光多乎。地偏心远，宜于读书。

开卷书坊

钟叔河 湖南平江人，一九三一年十一月出生。一九五七年被划为右派开除公职，一九七〇年因“污蔑攻击无产阶级文化大革命”被判刑十年，一九七九年平反出狱。历任湖南人民出版社编审、岳麓书社总编辑，一九九四年获第三届韬奋出版奖。著有《走向世界——中国人考察西方的历史》《从东方到西方》《念楼学短》《笼中鸟集》等，编有“走向世界丛书”《周作人散文全集》《曾国藩往来家书全编》等。

萧跃华 湖南安化人，一九六五年十一月出生，一九八三年十月入伍。毕业于武警北京指挥学院、中国新闻学院、国防大学。先后服役于武警湖南总队、人民武警报社、武警政治学院。主任编辑，大校警衔。二〇一四年申请转业，现供职于北京日报社。业余喜收藏，尤好签名题跋书，室名旧锻坊。编著有《三老吟草》《附庸风雅》等。